dtv

Reihe Hanser

Gerade mal 18 Jahre und seit 3 Tagen das Abitur in der Tasche macht Filippa Karlsson sich auf den Weg – furchtlos und unerschrocken in Richtung London, Freiheit, Royal Drama School. Denn das ist Filippas Traum, Schauspiel an dieser renommierten Schule in ihrer Traumstadt zu studieren.

Aber London kann auch zum Albtraum werden: die irrsinnig hohen Preise, betrügerische Vermieter, ausbeuterische Chefs, nicht zu reden von (un)bekannten Popstars, die mit den abgeschmacktesten Liebesschwüren kleine Ausländerinnen verführen wollen. Doch Filippa ist zäh, und sie merkt, dass London auch eine Stadt ist, wo man Freunde fürs Leben finden kann und Träume doch wahr werden können. – Wenn man nur dem Wahnsinn des Großstadtdschungels beherzt mit robustem Humor entgegentritt.

Mit »Mind the Gap!« beginnt die Trilogie um die junge Filippa Karlsson und ihr London-Abenteuer.

Emmy Abrahamson wuchs in Moskau auf, sie studierte in London und Manchester und arbeitete als Schauspielerin in Amsterdam und Wien. Heute lebt sie in Südschweden. Ihr erstes Buch »Widerspruch zwecklos oder Wie man eine polnische Mutter überlebt« (dtv 62595) wurde hoch gelobt und ausgezeichnet.

Emmy Abrahamson

Mind the Gap!

Wie ich London packte (oder London mich)

Aus dem Schwedischen von
Anu Stohner

dtv

Ausführliche Informationen über unsere Autoren und Bücher
www.reihehanser.de

Emmy Abrahamson in der *Reihe Hanser:*
›Widerspruch zwecklos oder Wie man eine polnische Mutter überlebt‹ (dtv 62595)
›Go for It! Wie ich London die Schau stahl (oder London mir)‹ (dtv 65010)
›Make it Big! Wie ich London schaffte (oder London mich)‹ (dtv 65013)

MIX
Papier aus verantwortungsvollen Quellen
FSC® C019821
FSC
www.fsc.org

2015 dtv Verlagsgesellschaft mbH & Co. KG, München

Titel der Originalausgabe: ›Only väg is upp‹
(Rabén & Sjögren, Stockholm 2012)

Umschlaggestaltung und -illustration:
buxdesign | München, Ruth Botzenhardt
Satz: Fotosatz Amann, Memmingen
Druck und Bindung: Druckerei C. H. Beck, Nördlingen
Gedruckt auf säurefreiem, chlorfrei gebleichtem Papier
Printed in Germany · ISBN 978-3-423-62605-7

1

Pling!

»Meine Damen und Herren, mein Name ist Stefan, ich bin Chefsteward hier an Bord und heiße Sie auf unserem Flug nach London Stanstead herzlich willkommen. Wir werden nun gleich damit beginnen, Ihnen kalte und warme Getränke sowie einen kleinen Snack …«

Mit Entsetzen bemerkte Filippa, dass ihre Tüte Kaubonbons leer war. Wie hektisch sie auch nach den weißen, rosa und lindgrünen Autos tastete, sie konnte keins mehr finden. Gab's das? Hatte sie die Tüte wirklich besinnungslos leer gefuttert? Mit einem brennenden Schamgefühl im ganzen Körper knüllte sie das knisternde Papier zusammen und stopfte es in ihren dunkelblauen Rucksack. Sie hätte es auch ins Netz hinter dem Vordersitz stecken können, aber sie hörte im Geist schon, wie sich die Crew beim Aufräumen nach der Landung über sie lustig machte.

(»Siehst du die Bonbontüte, Ann-Charlotte? Hier hat doch dieses Mädchen gesessen. Stefan und ich haben auf die Uhr geschaut: Sie hat keine fünf Minuten gebraucht, um die ganze Tüte wegzuputzen. Wenn wir das gefilmt hätten, hätten wir's bei YouTube einstellen können!«)

Nein danke! Filippa würde die Tüte lieber am Flughafen in einen Mülleimer werfen, wo es niemand sah.

Nachdem sie den Beweis für ihre Verfressenheit beseitigt hatte, lehnte sie sich zurück und hing weiter ihren Träumen von London nach. Der Stadt, in der sie ein neues Leben beginnen würde. Der Stadt, in der sie sich einen coolen Boyfriend zulegen würde. Der Stadt, in der sie vielleicht … hoffentlich eine Schauspielschule besuchen würde. Der Stadt, in der sie eine Menge Freunde finden würde. Der Stadt, in der sie niemals eine ganze Tüte Kaubonbons hinunterschlingen, sondern genüsslich an einer Scheibe Knäckebrot mit fettarmem Hüttenkäse, gehacktem Schnittlauch und einer Prise schwarzem Pfeffer knabbern würde und dazu schwarzen Kaffee ohne Zucker trinken. (Dass sie keinen Kaffee mochte, war eines der Probleme, die sich in London von allein regeln würden.) Und wenn sie dann frühmorgens durch den Hyde Park jogg…

»Fliegst du das erste Mal nach London?«

»Entschuldigung?«

An ihrer Schule wäre der Typ mit den langen blonden Locken auf dem Sitz neben ihr in die Schublade Hippie einsortiert worden. Hatte er sie bei der Kaubonbonorgie beobachtet, und war das der Grund, weshalb er lächelte?

»Ich sagte, fliegst du zum ersten Mal nach London?«

Filippa nickte, wurde rot und überlegte fieberhaft, ob das Gespräch damit wohl schon beendet war. Solche Situationen richtig zu beurteilen fiel ihr schon immer schwer.

»Zum Studieren?«

»Ja. Nein. Das heißt, vielleicht. Ich hoffe … aber erst muss ich vorsprechen, und es ist irre schwer, da reinzukommen. Also ja. Oder nein.«

»*Wo* reinzukommen?«

Filippa schaute den Hippiejungen an und musste schlucken.

»In die Royal Drama School. Die königliche Schauspielschule.«

Der Junge hob die Augenbrauen.

»Klingt beeindruckend.«

»Es ist die beste Schauspielschule der Welt«, sagte Filippa. *»Außerdem möchte ich versuchen, beim nächsten bemannten* NASA*-Flug zum Mond dabei zu sein, da stehen die Chancen ungefähr genauso gut«*, hätte sie fast hinzugefügt, aber dann sagte sie nur: »Erst muss ich mir allerdings einen Job suchen.« Sie holte tief Luft und versuchte ihrerseits eine Frage loszuwerden, bevor sie vor Schüchternheit starb: »Und du?«

»Ich studiere Staatswissenschaften im zweiten Jahr, und es ist genauso langweilig, wie es sich anhört. Aber London macht Spaß. Und an den Wochenenden jobbe ich in einem Laden in Covent Garden.«

Danach wurde es still. Filippa hätte tausend Fragen über das Leben in London gehabt, aber sie traute sich keine davon zu stellen, aus Angst, er könnte sie für provinziell und unterbelichtet halten. Außerdem war sie nicht ehrlich zu ihm gewesen, sonst hätte sie ihm erzählt, dass sie schon mal in London gewesen war, im Rahmen einer seltsamen Sprachreise nach Eastbourne, als sie dreizehn war. Woran sie sich noch am besten erinnerte, waren ihre Zimmergenossin Boel, zu der die Engländer Bowel sagten, und ein zweites Mädchen, das einmal so viel Weingummis auf einmal gegessen hatte, dass man ihr den Magen auspumpen musste. Von ihrem zweitägigen Aufenthalt in London besaß sie nur noch die vage Erinnerung an eine ewig lange Busfahrt, eine schmuddelige Frühstückspension, in der sie sich zu mehreren ein Zimmer teilten, Madame Tussauds Wachsfigurenkabinett und eine hysterische Reiseleiterin, die ihre Schützlinge ausgerechnet auf dem Piccadilly Circus durchzählen wollte. Ein Gutes hatte die Reise allerdings gehabt: Filippa hatte sich in die englische Sprache verliebt und insbesondere in die Art, wie die Engländer sie sprachen. Seitdem hatte sie alles getan, um ihre Aussprache zu perfektionieren.

»Hast du schon eine Bleibe?«, fragte der Junge.

»Bei Freunden«, log Filippa. In Wirklichkeit hatte sie keine Freunde in London und übers Internet ein Zimmer gemietet. »In Archway.«

»In Archway? Wo sie diese Selbstmörderbrücke haben? Es soll ganz okay sein, nur nachts musst du dich in Acht nehmen«, sagte der Junge.

Filippa nickte, als erzählte er ihr nur etwas, was sie schon wusste. In Wirklichkeit wusste sie, abgesehen davon, dass Archway im Norden der Stadt lag, überhaupt nichts. Sie hatte nur gefunden, dass Archway irgendwie gut und glamourös klang. Jetzt wusste sie immerhin, dass es dort eine interessante Brücke gab. Zumindest für Selbstmörder.

Filippa antwortete dem Jungen mit einem unverständlichen Gemurmel und schlug den mitgebrachten Krimi auf.

Als das Flugzeug in Stanstead ankam, war es schon dunkel. Damit sie nicht mehr mit dem blond gelockten Hippie reden musste, verschwand Filippa sofort nach der Landung auf einer Toilette, wo sie auch gleich die leere Kaubonbontüte entsorgte. Auch bei der Gepäckausgabe hielt sie sich so weit wie möglich von ihm entfernt. Aber nachdem er einen riesigen Rucksack vom Band genommen und geschultert hatte, kam er lächelnd zu ihr her.

»Nimmst du den Zug zur Liverpool Street?«

»Meine Freunde holen mich ab«, sagte Filippa schnell.

Dann standen sie da und schwiegen einander an.

»Also viel Glück, vor allem mit der Schauspielschule!«, sagte der Junge schließlich. »Tschüss dann!«

Filippa nickte und sah, wie endlich auch ihre große rote Reisetasche auf dem Band auftauchte. Sie warf einen letzten Blick auf die schmale Silhouette des hoch aufgeschossenen Jungen, der sich in Richtung Ausgang bewegte. Wenn sie anders gewesen wäre, als sie war, zum Beispiel so wie all die anderen Mädchen an ihrer Schule, dann wäre sie jetzt mit ihm in die Stadt gefahren. Unterwegs hätten sie sich angeregt unterhalten, und er hätte sie zu einer Fete eingeladen, die er und die Mitbewohner in seiner WG für Samstag organisieren wollten. Auf der Fete hätte es dann endgültig zwischen ihnen gefunkt, und nach ein paar Monaten wären sie zusammen in eine kleine Wohnung in Peckham, Cricklewood, Battersea oder einem der anderen spannend klingenden Stadtteile gezogen, die Filippa auf dem Londoner Stadtplan entdeckt hatte.

Doch die Wirklichkeit sah anders aus: Ihr erster cooler Boyfriend in London war verschwunden, bevor er überhaupt wusste, dass er mit ihr nach Battersea ziehen wollte. Die Lüge, sie werde abgeholt, zwang sie außerdem, sich mitsamt ihrer großen Tasche erst einmal auf eine Bank zu setzen, bis sie sicher sein konnte, dass ihr blond gelockter Junghippie den Flughafen verlassen hatte. Erst nachdem ein Flug aus Belfast gelandet war, reihte sie sich dankbar in die Menge ein, die in Richtung der Züge strömte.

Zwei Stunden später schleppte sich Filippa die Treppe der U-Bahn-Station Archway hinauf. Sie hatte Kopfschmerzen, und ihr Körper fühlte sich an, als hätte ihn jemand mit dem Fleischklopfer bearbeitet. Schon im Zug zur Liverpool Street war sie eingeschlafen und davon aufgewacht, dass eine Mutter auf dem Sitzplatz hinter ihr ihren kleinen Sohn zusammenschrie. Die Frau packte den Jungen am Arm und schleifte ihn durch den ganzen Waggon zur Toilette. Der arme Kerl hing wie ein rotäugiges Äffchen in ihrem Klammergriff.

»Du verdammter kleiner Stinker!«, brüllte die Frau so laut, dass es auch garantiert alle im Waggon hören konnten.

Ein Gruppe Urlaubsheimkehrer mit von der Sonne krebsrot gebrannten Gesichtern hatte offenbar beschlossen, dass die Party am Strand von Alicante noch nicht zu Ende sein durfte. Als weigerten sie sich, in den Alltag zurückzukehren, leerten sie Dose um Dose Carling Black Label und brachen, sobald jemand das Wort »Paella« aussprach, in hysterisches Lachen aus.

An der Liverpool Street angekommen, hatte Filippa nicht gewusst, was für ein U-Bahn-Ticket sie kaufen sollte.

»Entschuldigung, ich möchte nach Archway«, sagte sie zu dem älteren Mann am Ticketschalter.

»Kein Grund, sich zu entschuldigen, love«, sagte der Mann und gluckste. »Wenn's die einfache Fahrt sein soll, macht es fünf Pfund.«

Filippa verbarg ihr Gesicht hinter der Brieftasche, damit der Mann nicht sah, wie sie rot wurde, weil er sie »love« genannt hatte, dann gab sie ihm aus Versehen erst fünfzig Pfund.

Nachdem sie ihre schwere Tasche unzählige Rolltreppen hinauf- und wieder hinuntergefahren hatte, fand sie endlich die Central Line, aus der sie an der Tottenham Court Road in die Northern Line umstieg. Sie fühlte sich verschwitzt und war das Reisen leid. Ihr schmerzten die Arme von der riesigen Tasche, und unter dem Rucksack war ihr Rücken klatschnass. Die Luft in der U-Bahn war stickig und nahm ihr fast den Atem. In der Northern Line fand sie keinen Sitzplatz und musste zwischen den Türen stehen, wo ihre Monstertasche den ungeduldigen Aus- und Einsteigern den Weg versperrte.

Und dann sah Archway kein bisschen so aus, wie sie es sich vorgestellt hatte. An der Straße, die sie von der U-Bahn aus nahm, reihte sich Imbiss an Imbiss, die alle ausschließlich frittiertes Huhn im Angebot zu haben schienen. Schwankende Männer standen vor Irish Pubs, und überall lagen Getränkedosen, Papier, Essensreste und sonstiger Müll. Fast alle Menschen um sie herum waren dunkelhäutig.

»Sie hätte anrufen sollen … Sie hätte anrufen sollen … Sie hätte …«, murmelte eine runzlige, bucklige Frau, die einen Einkaufswagen voller Plastiktüten und leerer Petflaschen vor sich herschob.

Filippa passierte die lange Schlange an einer Bushaltestelle und zerrte ihre Tasche mehr in Richtung Holloway Road, als dass sie sie trug. Sie folgte einem Plan, den sie vor gefühlten Jahrzehnten aus dem Internet ausgedruckt hatte, dabei war es erst gestern gewesen. Das schwüle Juniwetter ließ die Kleider immer fester am Körper kleben, und die Hand, mit der sie die Tasche zerrte, war nass von Schweiß. Sie fand das gesuchte Haus in einer kleinen Seitenstraße und klopfte an eine Tür, von der die weiße Farbe abblätterte.

»Hallo, ich heiße Filippa Karlsson und bin die, die das Zimmer gemietet hat«, sagte sie.

Das Mädchen, das ihr geöffnet hatte, musterte sie mit ausdruckslosem Gesicht, bevor es antwortete.

»Genau, die aus Schweden«, sagte sie, als stünde Filippa nicht gerade vor ihr. »Komm rein!«

Filippa betrat den Flur, der so eng war, dass sie aufpassen musste, mit ihrer Tasche nicht links und rechts die Wände anzuschrammen. Das Mädchen führte sie die Treppe hinauf in den ersten Stock. Das Haus stank nach Zigaretten, Staub und Curry. Im Flur und auf der Treppe lag ein hellgrüner Teppichboden mit großen grauen Wollmäusen in allen Ecken, hoch oben auf einem Regalbrett an der Flurwand standen leere Bierdosen aufgereiht.

Im ersten Stock angekommen, öffnete das Mädchen die Tür zu einem kleinen Zimmer und knipste das Licht an. Eine Glühbirne warf ihren kalten Lichtschein auf ein schmales Bett, einen zusammengerollten Schlafsack, einen Kleiderschrank und eine Luftmatratze, die neben dem Bett auf dem Fußboden lag. Vor dem einzigen Fenster hing ein Vorhang voller bräunlicher Flecken, über dem Heizkörper darunter lag ein dünnes rosa Handtuch. Der einzige Schmuck an den Wänden war ein Poster von Bob Marley, der den Arm zu einer Siegergeste hob. Wahrscheinlich freute er sich, dass er so viele Millionen eingesungen hatte, dass er niemals zu anderen Leuten in ein Haus in Archway würde ziehen müssen.

»Louise hat gerade einen neuen Job in einem Pub in Hoxton gefunden und kommt erst spät in der Nacht zurück«, sagte das Mädchen gelangweilt. »Ihr könnt selbst entscheiden, wer auf der Luftmatratze schläft, aber sie lässt dir bestellen, dass sie's echt nett von dir fände, wenn du's machen würdest, weil sie dann den ganzen Tag über schläft. Sie kann ganz schön wütend werden, weißt du. Die Küche ist unten und das Bad gleich nebenan. Louise liegt uns dauernd in den Ohren, dass angeblich die Klospülung zu laut ist und wir nachts nicht spülen sollen, aber wenn Ian aus dem Pub nach Hause kommt, denkt er da natürlich nicht dran. Außerdem würden wir uns bedanken, wenn wir die Hinterlassenschaften von dem widerlichen Kerl morgens in der Kloschüssel fänden.«

»Entschuldigung?«, sagte Filippa, der plötzlich schwindlig war.

»Ja?«

»Ich soll das Zimmer mit jemandem *teilen*?« Filippa warf einen panischen Blick in das winzige Kabuff. Mit der Luftmatratze auf dem Boden gab es nicht mal einen Platz, wo sie ihre Tasche abstellen konnte.

»Louise sagt, sie hat dir ein Fach im Schrank leer geräumt, und ich hab dir eins in der Küche sauber gemacht. Die Miete bezahlst du erst mal bei mir«, sagte das Mädchen, das jetzt aussah, als wäre es ein bisschen in Eile.

Filippa wühlte in ihrem Rucksack nach der Anzeige, die sie vorsichtshalber ausgedruckt und mitgenommen hatte.

»Hier – da steht nichts davon, dass ich das Zimmer teilen soll«, sagte sie.

Das Mädchen nahm das Blatt und überflog es in kaum einer Sekunde.

»Da steht ›Ein Bett in einem Haus in Archway‹ – was gibt's da für ein Problem? Die Anzeige hab ich selbst geschrieben. So, und jetzt muss ich los. Hast du das Geld?«

Filippa holte ihre Brieftasche heraus und gab dem Mädchen die neunzig Pfund Wochenmiete, die das halbe Zimmer kostete.

Das Mädchen ging, und Filippa setzte sich aufs Bett. Sie starrte auf das Blatt in ihren Händen. Da stand wirklich »Ein Bett«. Sie war nur nicht auf die Idee gekommen, dass es auch genau das bedeuten könnte: ein Bett und kein Zimmer. Und sie hatte das Zimmer noch für ganz schön teuer gehalten. Sie war so blöd! Fast tausend Kronen in der Woche für eine Luftmatratze auf dem Fußboden.

»Hallo, Mama, ich bin's. Ich wollte nur schnell sagen, dass ich gut angekommen bin und alles.«

»Ach, Schätzchen, wir haben den ganzen Tag an dich gedacht. Wie war denn die Reise?«

»Gut. Es ging schneller, als ich dachte.«

»War die Adresse leicht zu finden?«

»Ich bin sogar schon hier. Nein, kein Problem.«

»Kennst du schon andere Leute im Haus?«

»Sie machen einen total netten Eindruck. Und das Zimmer ist toll.«

»O wie schön! Und wie ist das Wetter?«

»Schön warm. Schläft Papa?«

»Ja. Er und Uncas haben sich nach den Spätnachrichten schlafen gelegt, aber ich dachte mir schon, dass du noch anrufst.«

»Okay. Aber ich geh jetzt auch ins Bett. Ich wollte nur sagen, dass alles in Ordnung ist.«

»Dann gute Nacht! Schlaf gut, Schätzchen!«

»Gute Nacht!«

Filippa duschte, kroch in den Schlafsack, den sie auf die Luftmatratze legte, und weinte sich in den Schlaf. Leise, damit es niemand hörte.

2

Am nächsten Morgen verließ Filippa schon vor neun Uhr das Haus. Sie war nachts mehrmals aufgewacht – immer wenn jemand die Klospülung betätigt hatte und dann, als die nach Zigarettenrauch stinkende Louise auf dem Weg ins Bett auf sie draufgestiegen war – und fühlte sich dennoch halbwegs ausgeschlafen. Sie spürte sogar wieder eine gewisse Zuversicht. Die Sonne schien, und Archway machte einen weniger bedrohlichen Eindruck als am Abend zuvor. Das hier war der Beginn ihres neuen Lebens, und Filippa dachte gar nicht daran, ihn sich von einer falsch verstandenen Wohnungsanzeige vermiesen zu lassen. Außerdem hatte sie das Zimmer beziehungsweise Bett, das sich als Luftmatratze auf dem Fußboden herausgestellt hatte, nur für eine Woche gemietet, und sie gedachte sich schon in der nächsten Woche zu verbessern.

»Hello! How are you?«, rief sie gut gelaunt dem dünnen indischen Mädchen zu, das in seiner Schuluniform vor dem Nachbarhaus stand. Das Mädchen nuckelte weiter an seinem Zopf und starrte sie mit großen Augen an.

»Okay, well, have a nice day«, konnte Filippa gerade noch loswerden, bevor das Mädchen ins Haus rannte und mit einem Knall die Tür ins Schloss warf.

In einem kleinen Café kaufte sie sich eine Tasse Earl Grey und einen Blaubeermuffin, an dem sie auch noch aß, während sie in Richtung Zentrum ging. Schon nach zehn Minuten war ihr klar, dass sie die Entfernungen in London womöglich nicht ganz realistisch eingeschätzt hatte, und an der nächsten U-Bahn-Station bestieg sie die Northern Line. Den Blaubeermuffin hatte sie inzwischen aufgegessen, und während der Fahrt schwor sie sich, dass es das erste und letzte ungesunde Frühstück ihres neuen Lebens bleiben sollte. Ab Morgen würde es grünen Tee, eine halbe Grapefruit und Dinkelmüsli mit Naturjoghurt geben – was immer Dinkelmüsli war. Und noch heute würde sie einen Job finden.

In der Oxford Street dauerte es dann nicht lange, bis sie das Schild fand, nach dem sie suchte. Sie betrat das Haus und ging die schmale Treppe zum Büro im ersten Stock hinauf. Auf der gläsernen Eingangstür stand, von zwei großen Engelsflügeln eingerahmt, »Bright Angels Temporary Agency«. Drinnen im Büro war dunkelblauer Teppichboden ausgelegt.

»Willkommen bei der Bright-Angels-Personalvermittlung, ich heiße Lisa, was kann ich für Sie tun?«, fragte die Frau hinter dem Schreibtisch der Tür gegenüber. Sie strahlte, als wäre Filippa von allen Menschen auf der Welt genau der, den sie gern kennenlernen wollte.

»Hallo. Ich suche einen Job und wollte fragen, ob Sie jemanden wie mich brauchen können.«

Lisas Lächeln gefror in der kurzen Zeit, in der sie das Wesen, das da vor ihrem Schreibtisch stand, genauer in Augenschein nahm.

Filippa zupfte nervös an ihrer H&M-Jacke und hatte plötzlich das Gefühl, sie wäre total falsch gekleidet oder jedenfalls nicht wie eine der modebewussten Bewohnerinnen Londons.

»Selbstverständlich«, sagte Lisa, während ihr Lächeln den

alten Glanz zurückbekam. »Wir bei den Bright Angels sind immer auf der Suche nach neuen Engeln. Haben Sie einen Lebenslauf mitgebracht?«

Filippa schrumpfte augenblicklich um mehrere Zentimeter. Sie hatte nicht einmal daran gedacht, dass sie irgendetwas hätte mitbringen sollen.

»Hab ihn leider zu Hause vergessen«, log sie.

»Kein Problem«, sagte Lisa und zog ein Formular aus der Schublade, das sie zusammen mit einem dunkelblauen Stift mit dem Bright-Angels-Logo über den Schreibtisch schob. »Füllen Sie das hier bitte aus und sagen Sie mir, wenn Sie damit fertig sind.«

Filippa füllte das Formular mit ihrer ordentlichen Handschrift nach bestem Wissen und Gewissen aus, dann gab sie es Lisa zurück.

»Oh, Sie kommen aus Schweden!«, platzte es aus der heraus, als sie las, was Filippa geschrieben hatte. »Soll ein schönes Land sein, hab ich gehört.«

Filippa lächelte, wie um zu unterstreichen, dass Schweden nicht nur schön war, sondern auch voller fröhlicher Achtzehnjähriger, die besonders für physisch und psychisch nicht zu anspruchsvolle, dafür aber gut bezahlte Jobs geeignet waren.

»Unter ›bisherige berufliche Erfahrungen‹ haben sie nichts eingetragen – als was haben Sie zuletzt gearbeitet, Filippa?«

Lisa betonte Filippas Namen, als hätte sie gerade einen Kurs besucht, in dem man lernte, wie man Vornamen strategisch richtig in ein förmliches Gespräch einflicht.

»Ich … gar nicht«, sagte Filippa. »Ich hab gerade Abitur gemacht. Vor drei Tagen. Danach bin ich so schnell wie möglich nach London gekommen.«

Lisa sah Filippa wortlos an, dann schaute sie wieder auf das Formular. Ihr Lächeln gefror zum zweiten Mal.

»Unter ›Referenzen‹ steht ›keine‹ …«

»Ich wusste nicht, was ich da eintragen sollte«, sagte Filippa. »Wenn Sie wollen, kann ich Ihnen die Adresse und Telefonnummer meiner Eltern geben.«

(In den vergangenen achtzehn Jahren hat Filippa in einem der Zimmer unseres Hauses gewohnt, unser Essen gegessen, unsere Sachen benutzt und ist von uns zu den verschiedensten Orten chauffiert worden. Sie bezog in dieser Zeit ein geregeltes Einkommen, ihr sogenanntes Taschengeld. Wir können Filippa als Tochter wärmstens empfehlen und würden sie, abgesehen von einer anstrengenden Phase, als sie vierzehn war und sich die meiste Zeit in ihrem Zimmer einschloss, jederzeit wiederhaben wollen. Als Arbeitskraft ist sie allerdings weniger geeignet.)

Lisas Gesicht erstarrte langsam, aber sicher zur Maske.

»Gibt es etwas, was ich unter IT-Kenntnisse eintragen kann, Filippa?«, fragte sie. »Ich meine abgesehen von Word oder Excel? Vielleicht PowerPoint? Oder Photoshop? InDesign? Nein?«

Filippa schüttelte den Kopf.

»Und wissen Sie, wie viele Wörter pro Minute Sie schreiben?«

Filippa überlegte. Sie hatte immer gefunden, dass sie ganz schön schnell schrieb.

»So zweihundert«, sagte sie, weil es wie eine ganze Menge klang.

Inzwischen ähnelte Lisas Gesicht geradezu unheimlich dem von Batmans finsterem Gegenspieler Joker.

»Na schön«, stöhnte sie. »Dann legen wir das hier mal beiseite, bis Sie den Computertest gemacht haben.«

Danach verbrachte Filippa eine halbe Stunde am PC, um die verschiedensten Aufgaben zu lösen. Unter anderem sollte sie eine Liste frei erfundener Wörter in die richtige alphabetische Reihenfolge bringen, so schnell wie möglich einen Brief abschreiben und ein Schreiben um etliche fehlende Wörter ergänzen. Als sie fertig war, fasste Lisa das Ergebnis des kleinen Tests zusammen.

»Sehr, sehr gut bei der alphabetischen Reihenfolge – da liegt die Trefferquote bei neunzig Prozent!«

Filippa strahlte. Vielleicht gab es für sie eine Zukunft als jemand, der die Dinge alphabetisch richtig auf die Reihe brachte! Vielleicht wurde sie damit noch berühmter, als sie es als Schauspielerin geworden wäre! Ob es viel Jobs gab, wo man wissen musste, ob »aijh« vor oder nach »aijd« kam?

»Schreibfehler sehe ich auch keine.«

Spitze im Wörter-in-die-richtige-alphabetische-Reihenfolge-Bringen und genauso spitze in Orthografie – Filippas Zukunft sah auf einmal rosig aus.

»Oh, oh, oh!«, sagte Lisa. »Neunundzwanzig Wörter pro Minute – das sieht gar nicht gut aus.«

Als sie den Computer-Ausdruck des Tests beiseitelegte, lag Mitleid in dem Blick, mit dem sie Filippa ansah.

»Von unseren Büroengeln werden Minimum fünfzig Wörter verlangt. Nein, Filippa, ich glaube nicht, dass wir Sie schon gebrauchen können – leider.«

Filippa spürte einen dicken Kloß im Hals. Bis vor einer Stunde hatte sie nicht einmal gewusst, was ein Büroengel war, und jetzt erschien es ihr wie ein grausames Schicksal, dass sie keiner werden konnte.

»Da kann man wohl nichts machen«, sagte Filippa so unbeteiligt wie möglich. »Wollen Sie vielleicht trotzdem meine Kontaktdaten hierbehalten. Ich meine, falls doch mal was Passendes auftauchen sollte?«

Lisa antwortete nicht, sondern streckte ihr nur die Hand zum Abschied entgegen.

Am selben Tag versuchte es Filippa noch bei sieben weiteren Personalvermittlungen. Bei der letzten, »Super Trouper Temps«, brauchte sie nur noch wenige Minuten, um das Anmeldeformular auszufüllen. Sie besaß zu dem Zeitpunkt, neben fünf Jahren einschlägiger Berufserfahrung samt den dazugehörigen Referenzen, umfassende IT-Kenntnisse, die nicht nur praktische Erfahrungen am PC und am Mac einschlossen, sondern darüber hinaus auch mit Linux, was immer das sein mochte. In Französisch hatte sie nicht mehr nur Grundkenntnisse, sondern sie beherrschte die Sprache fließend, ebenso das Deutsche. Ihre persönlichen Interessen galten nicht mehr nur Kriminalromanen, sondern auch dem Rafting, der Runenkunde und dem Kochen exotischer Gerichte. Sogar Filippas verschüttet geglaubte Liebe zum Dudelsackspiel fand Eingang in die Aufzählung, eine Liebe, die im Alter von zehn Jahren bei der Begegnung mit einem schottischen Piper&Drums-Orchester erwacht war und vier Jahre später ein jähes Ende fand, als eine gleichaltrige Freundin sagte, sie sehe beim Spielen wie A-Hörnchen (womöglich sogar wie B-Hörnchen) aus.

Doch trotz langjähriger Erfahrungen und zahlreicher Referenzen erhielt Filippa von zwei der Firmen eine sofortige Absage und befand eine weitere, sie passe trotz allem leider nicht ins Profil. Alle anderen beklagten den akuten Stellenmangel am Markt. Filippa fragte sich nur, wieso in den Büros pausenlos die Telefone klingelten und alle anderen Mädchen, die dort auftauchten, wenig später mit den Adressen ihrer potenziellen neuen Arbeitgeber das Haus verließen.

Als Filippa selbst ohne Adresse das Super-Trouper-Temps-Gebäude verließ, bemerkte sie, dass sie in den fünf Stunden, die sie inzwischen unterwegs war, die ganze Strecke von Tottenham Court über die Oxford Street bis zum Hyde Park zurückgelegt hatte. Mit schweren Beinen betrat sie den Park und setzte sich auf eine Bank. Die Jacke und ihre Hose juckten und fühlten sich an, als wären sie um mehrere Größen geschrumpft. Ihre Bluse spannte, und an der linken Ferse hatte sich eine dicke, mit einer klaren Flüssigkeit gefüllte Blase gebildet, von der ein pulsierender Schmerz ausging. Die spannende Bluse hatte Schweißflecken, und Filippa entdeckte entsetzt, dass einer der Knöpfe in Bauchhöhe offen war. Stöhnend fragte sie sich, wie lange sie der Hauptstadt Großbritanniens schon den nackten Bauch zeigte. Offenbar waren die Engländer zu höflich, einen auf so etwas aufmerksam zu machen.

Filippa machte den Knopf zu, lehnte sich auf der dunkelgrünen Bank zurück und schaute um sich. Überall Touristen mit Digitalkameras und McDonalds-Pappbechern, gehetzte Geschäftsleute und Mamas, die mit Kinderwagen über die Wege joggten. Ein älterer Mann in einem abgewetzten grauen Anzug streute eine Tüte Brotkrumen ins Gras. Filippa holte das Handy heraus und überlegte, ob sie ihre Mama anrufen sollte und ihr sagen, dass alles so ganz anders war, als sie sich vorgestellt hatte. So viel größer. Und überwältigender. Aber sie wollte Mama nicht beunruhigen. Besser, sie rief nicht an.

Sie steckte das Handy wieder ein, schloss die Augen und versuchte sich zu erinnern, wie es war, zu Hause in ihrem

Zimmer im Bett zu liegen. Es war Nachmittag, und die Sonne schien zum Fenster herein. Nach einer Weile hörte sie Schritte, dann sprang Uncas hoch auf ihr Bett. Ein paar Minuten lang kneteten die Pfoten des Katers ihren Bauch, wobei er die Augen halb geschlossen hielt und tief und gleichmäßig schnurrte. Dann streckte er sich aus und schob den Kopf unter Filippas Kinn, bis sie sein Schnurren am ganzen Körper spürte. Er kehrte den Bauch nach oben, damit Filippa ihn dort behutsam streicheln und eventuell im Fell festhängende Kletten entfernen konnte. So schliefen sie, im stillen Haus um sie herum geborgen, miteinander ein.

Die Erinnerung war so stark, dass Filippa die Augen öffnen und ein paarmal tief durchatmen musste. Vor ihr hustete der ältere Mann gerade einen nassen Klumpen Schleim neben die Brotkrumen im Gras.

3

Am Abend hatte die Bettschläferin und Zimmermitbewohnerin Louise frei und fragte Filippa, ob sie mir ihr ausgehen wolle.

»Nur für ein paar Stunden«, sagte sie. »Nichts Abgedrehtes. Es ist nur so, dass keine meiner Freundinnen Zeit hat und ich es hasse, allein auszugehen.«

Filippa zögerte erst. Es war schon fast zehn, was nicht weit von der Zeit entfernt war, zu der sie zu Hause in Schweden für gewöhnlich schlafen ging. Außerdem hätte sie gern ihren angefangenen Krimi weitergelesen. Doch dann fiel ihr gerade noch rechtzeitig ein, dass sie ja jetzt in London war und einem ein neues Leben wohl kaum in den Schoß fiel. Außerdem hörte Ian, der vierte Hausbewohner, Led Zeppelin bei ohrenbetäubender Lautstärke, und Filippa wusste, dass sie sich niemals zu fragen trauen würde, ob es nicht auch leiser ginge.

»Okay«, sagte sie.

»Cool, dann gehen wir auf dem Weg zur U-Bahn gleich am Schnapsladen vorbei«, sagte Louise und steckte sich eine neue Zigarette an.

Filippa tat so, als störte es sie nicht, dass Louise in dem kleinen Zimmer rauchte. Sie hockte auf ihrer Luftmatratze und schaute zu Louise auf, die sie wahnsinnig exotisch fand. Louise kam aus Neuseeland, war zaundürr und hatte rot gefärbte struppige Haare. Dazu hatte Filippa ein Zungenpiercing gesehen und fragte sich, ob an dem glitzernden Ding eigentlich Essensreste hängen blieben.

»Du bist also Schauspielerin?«, fragte Louise, während sie gleichzeitig an der Zigarette zog und ihre Fußnägel inspizierte.

»Noch nicht«, sagte Filippa. »Ich muss erst an einer Schauspielschule vorsprechen, aber da ist unheimlich schwer reinzukommen, und ich weiß noch gar nicht …«

Louise kratzte alten dunkelgrünen Nagellack vom Nagel eines ihrer großen Zehen.

»Ich hab mal mit einem Schauspieler gevögelt«, erzählte sie. »Der Typ hatte Schuppen, wie der auf mir losgelegt hat, dachte ich, es schneit.«

Filippa fiel nichts ein, was sie dazu hätte sagen können.

»Er sagte, er hätte eine große Rolle in *EastEnders*, dabei hat er nur irgendwo im Hintergrund gestanden und Bier getrunken. Der Kerl war ein verdammter schuppiger Loser.«

Filippa fragte sich vergebens, wie sie in weniger als dreißig Sekunden von ihren Karriereplänen auf Louises verflossene Sexpartner gekommen waren.

Wenig später standen sie in dem Laden an der Ecke, der 24 Stunden am Tag geöffnet hatte. Filippa traute ihren Augen nicht, als sie sah, dass es dort tatsächlich nur Alkohol zu kaufen gab. Zwei indisch aussehende Jungs standen an der Kasse und unterhielten sich in einer Sprache, von der Filippa annahm, dass es Hindi war. An der Decke summte eine Neonröhre, und der Fußboden war voller Dreck.

»Was nehmen wir denn heute…«, murmelte Louise. »Bacardi? Whisky? Wein? Bier? Was meinst du, Filippa?«

Filippa geriet fast in Panik bei dem Gedanken, dass ihr die Jungs an der Kasse nie abnehmen würden, dass sie schon zwanzig war. Und einen gefälschten Schülerausweis hatte sie auch noch nie besessen.

»Für mich gar nichts«, sagte sie zu Louise. »Muss gerade Penicillin nehmen.«

Louise zuckte die Achseln, nahm eine Flasche Wodka vom obersten Regal und ging bezahlen.

»Haben sie dich nicht nach deinem Ausweis gefragt?«, fragte Filippa, als sie wieder auf der Straße standen.

»Dem Ausweis?«, lachte Louise. »Seh ich aus, als wäre ich kriminell, oder was?«

»Aber du siehst so jung aus …«

»Und?«

»In Schweden haben wir etwas, was ›Systembolaget‹ heißt«, sagte Filippa.

»*Sister* – was?«, fragte Louise.

»Nicht *sister* – System«, sagte Filippa. »Systembolaget.«

»Und was für ein System soll das sein?«

»Ein System für Alkohol. Oder eigentlich dagegen. Es ist eine staatliche Gesellschaft, und nur die darf bei uns Geschäfte haben, in denen es Alkohol zu kaufen gibt. Sie haben nur an bestimmten Tagen und zu bestimmten Zeiten auf, und an Jugendliche dürfen sie überhaupt keinen Alkohol abgeben, nie, das ist in Schweden streng verboten.«

»Klingt bescheuert«, sagte Louise, schraubte die Flasche auf und nahm einen großen Schluck.

Sie gingen zur U-Bahn-Station, deren Eingang in Archway komischerweise in einem großen heruntergekommenen Bürogebäude lag. Auf der Rolltreppe studierte Filippa die diversen Plakate an den Wänden. Da hing Werbung für sämtliche Musicals, Theaterstücke, Konzerte, Filme, Ballettvorstellungen,

Shows von Comedians, Kunst- oder Fotoausstellungen, die London gerade zu bieten hatte. Im Angesicht des Riesenangebots wurde ihr fast schwindlig, aber dann stellte sie sich vor, wie Louise ihre neue beste Freundin werden würde und sie miteinander auf Entdeckungstour gingen. Die komischsten Sachen würden ihnen dabei passieren, und auch sie selber würden sich verrücktes Zeug ausdenken, über das sie dann in hysterische Lachkrämpfe ausbrachen. Sie würden jede Menge gut aussehende, interessante Jungs kennenlernen, die sich alle in sie verliebten, die meisten natürlich in Filippa selbst.

»Was meinst du?«, fragte Louise. »Fahren wir nach Soho?«

»Soho?« Filippa ließ den Namen auf der Zunge zergehen. »Geht man da gerade hin, wenn man ausgeht?«

»Los, komm!«

Sie sprangen in die U-Bahn, die gerade die Türen hatte schließen wollen, und Filippa räumte eine Gratiszeitung weg, damit sie nebeneinandersitzen konnten. Vor ihnen saß ein sommersprossiges Mädchen mit Riesenkopfhörern neben einem schwarzen Jungen, der in einem Taschenbuch las.

»Ich weiß nicht, ob *man* da gerade hingeht«, sagte Louise. »Aber es ist da, wo *ich* gern hingehe.«

Sie nahm einen weiteren Schluck aus der Flasche, bevor sie sich wieder Filippa zuwandte.

»Pass auf: In London wählt man seine Ausgehplätze danach aus, was für eine Art Person man ist. Manchmal hängt es von deiner Nationalität ab, manchmal von deiner Arbeit und manchmal davon, für wie cool du dich hältst. Alle Australier und Neuseeländer zum Beispiel treffen sich in diesen schrecklichen Pubs mit Fischernetzen und Surfbrettern an den Wänden.«

»Du auch?«

»Spinnst du? Nein, mein Plan ist …« Louise tippte sich mit dem Finger an die Stirn und zwinkerte Filippa zu. »… mein Plan ist, einen stinkreichen Kerl aufzureißen und vom Fleck weg zu heiraten.«

»Du willst schon heiraten?«, fragte Filippa.

Louise schüttelte den Kopf.

»Eigentlich überhaupt nicht«, sagte sie. »Aber mein Visum gilt nur noch für die nächsten sechs Monate, also hab ich's ein bisschen eilig. Und ich brauch einen mit Geld. Viel Geld. Aber zu schlau darf er auch nicht sein. Kerle, die mir mit den Büchern kommen, die sie schon gelesen haben, halt ich nicht aus. Die meisten reichen Säcke findest du in Notting Hill, aber von dort mitten in der Nacht nach Archway zu kommen ist Hölle. Von London Mitte brauchen wir nur den Nachtbus zu nehmen. Und jetzt aufgepasst: Was liegt in London Mitte? Soho. Und wer geht da aus? Reiche Säcke, die so blöd sind, dass sie nicht mal merken, dass Soho das Schwulenviertel ist. Du siehst, es ist genau der richtige Platz für mich.«

Filippa schaute Louise mit großen Augen an.

»Und jetzt der Rest von London«, fuhr Louise fort. »Wenn du der Finanztyp bist, gehst du in der City aus, und wenn du zum Mainstream gehörst, in Hoxton. Die Hipsterszene war früher in Camden, hat sich jetzt aber nach Shoreditch und Dalston verlagert. Wenn du Touri bist und es nicht besser weißt, gehst du in einen der großen Clubs am Leicester Square, wo sie dir 25 Pfund nur dafür abknöpfen, dass du überhaupt reinkommst. Natürlich gibt's zu all diesen Gruppen wieder Untergruppen, aber das ist im Großen und Ganzen das, was du wissen musst.«

Filippa musste sich die Plätze, die Louise aufgezählt hatte, unbedingt merken.

Eine halbe Stunde später waren sie in Soho, und Filippa erwachte wieder zum Leben, nachdem sie auf der langen Fahrt fast eingeschlafen war. Die Straßen in dem bunten Stadtteil brodelten von Menschen, und immer wieder sah sie auffallend gepflegte Männer mit Kurzhaarschnitt Hand in Hand gehen. Ein Laden, dessen sämtliche Auslagen in Alufolie eingewickelt waren, versprach das frechste Spielzeug Londons und hinter dem rot beleuchteten Eingang »Giiirls, Giiirls, Giiirls«. Louise und Filippa gingen in eine Bar namens Mecca More.

»Wie viel Geld hast du dabei?«, fragte Louise.

Filippa schaute in ihrer Brieftasche nach.

»So zwanzig Pfund«, sagte sie.

»Verdammt, ich dachte, du hättest mehr. Okay, dann eben Cola. Wir haben noch den Wodka. Ich geh aufs Klo und mix uns was zusammen, wenigstens so lange, bis wir jemand finden, der uns einen ausgibt. Mach schon, geh das Zeug holen! Da drüben ist jemand, den ich kenne. Bis gleich!«

Als Filippa die zwei Cola bestellt hatte, sah sie sich unauffällig um. Die weißen Wände waren hellblau angestrahlt, und über der Theke hingen kleine Lämpchen, deren Licht weicher und einladender war. Überall saßen schöne, schmale, trendy gekleidete Menschen und tranken aus hohen Gläsern. Sie lachten, waren ins Gespräch vertieft oder warfen schnelle Blicke zum Eingang, um zu sehen, ob nicht noch jemand Aufregenderes nachkam. Jetzt gerade war *sie* so jemand. Eine warme Welle freudiger Erwartung breitete sich in ihrem Körper aus. So sah also ihr neues Leben aus. In London. Hurra!

»Magst du was trinken?«

»Entschuldigung?«

»Ich hab gefragt, ob du einen Drink magst«, sagte ein etwas zu klein geratener Typ neben ihr.

Filippa hatte noch nie im Leben einen Drink angeboten bekommen. Sie hatte immer gedacht, so etwas käme nur in amerikanischen Fernsehserien vor.

»Danke, ich hab gerade was bestellt«, sagte Filippa und spürte, dass sie rot wurde. »Aber danke, dass du fragst. Das ist nett. Vielleicht später, wenn ich ausgetrunken habe?«

Der Typ verpasste ihr einen abschätzigen Blick.

»Whatever«, sagte er und verschwand.

Filippa bezahlte, hielt nach Louise Ausschau und fand sie an einem Tisch weiter hinten im Lokal. Sie winkte Filippa, dass sie kommen solle, also nahm sie ihre Gläser und zwängte sich durch die Menge.

»Filippa, das sind mein Freund Adam und sein Freund Marcus«, sagte Louise.

Filippa stellte die Gläser ab und schüttelte den beiden Männern, die mit Louise am Tisch saßen, die Hand.

»Schön, dich kennenzulernen, Filippa«, sagte der, der Marcus hieß, und lächelte sie an.

Sie lächelte zurück.

Zwei Stunden später lächelte Filippa nicht mehr.

Louise und Adam hingen knutschend in der Ecke und schienen sich keinen Deut darum zu scheren, dass Filippa und Marcus kaum einen halben Meter entfernt kein schmachtendes Stöhnen und keine knetende Hand entging.

Filippa selbst hatte das Gefühl, inzwischen alles über Marcus zu wissen. Er war aus Kapstadt, arbeitete in einer Werbeagentur in Shoreditch, lebte seit fünf Jahren in London und behauptete, er sei 33, obwohl Filippa sich ziemlich sicher war, dass er um einiges älter sein musste. Es schmeichelte ihr, mit einem Mann in einer Bar zu sitzen und zu reden, aber je länger es dauerte, desto deutlicher wurde ihr bewusst, dass Marcus ein fürchterlicher Langweiler war. Dafür aber sehr von sich eingenommen. Während der geschlagenen zwei Stunden hatte er sich kein einziges Mal nach ihr erkundigt.

»Und weißt du, was ich an London fast noch mehr liebe?«, hatte er gerade gefragt. Er trank das fünfte Bier, und auf seiner Stirn bildeten sich Perlen. Sein dunkelbraunes Hemd hatte schon eine ganze Weile Schweißflecken unter den Achseln und auf der Brust.

»Nein, was denn?«, fragte Filippa, obwohl es ihr herzlich egal war.

»Die A-t-m-o-s-p-h-ä-r-e! Die Atmosphäre! Verstehst du, was ich meine?«

Filippa nickte und warf einen schnellen Blick zu Louise, ob das Geknutsche vielleicht doch irgendwann ein Ende nahm. Sie wäre gern noch irgendwo anders hingegangen, ohne Adam und Marcus. Oder – noch lieber – zurück nach Archway, damit sie endlich in ihren Schlafsack auf der Luftmatratze kriechen konnte.

Dann zog Marcus plötzlich ein kleines Tütchen aus seiner Brieftasche und schüttete ein winziges Häufchen weißes Pulver auf den Tisch. Filippa schaute interessiert zu, wie er mit seiner Kreditkarte das Häufchen in drei saubere weiße Linien teilte, dann eine Zwanzigpfundnote zusammenrollte und damit die erste Linie in eins seiner Nasenlöcher zog. Erst da begriff sie, was er machte, und bekam einen solchen Schreck, dass sie nicht wusste, ob sie aufspringen oder sitzen bleiben sollte. Sie schaute zur Tür, aber es kamen keine Polizisten mit gezogenen Waffen hereingestürmt, und draußen waren auch keine Hubschraubergeräusche zu hören. Von den anderen Leuten in der Bar schien niemand etwas zu bemerken, oder es war ihnen egal.

»Es ist der Puls! Diese Stadt hat einen Wahnsinnspuls! Bu-bumm, bu-bumm, bu-bumm – wie ein riesengroßes Herz. Verdammt, eines Tages werde ich mir ein Speedboot kaufen, das verdammt schnellste Speedboot, das es überhaupt gibt. Ich *muss* es kaufen, verdammt, verstehst du, was ich meine? Ein Speedboot oder mit den weißen Haien schwimmen! Nur mit ihnen schwimmen, verstehst du? Genau neben ihnen! Hier bin *ich*, und da ist der weiße Hai ...«

Marcus redete immer schneller, und immer schneller traten auch die Schweißperlen auf seine Stirn. Filippa stand auf und griff nach ihrer Jacke und ihrer Handtasche, auf deren Achselriemen Adam saß.

»Ich muss gehen!«

Louise unterbrach ihr Geknutsche und schaute mit gerötetem Gesicht zu ihr auf.

»Bleib noch, es ist doch erst zwei«, sagte sie.

»Ich sag doch, ich muss gehen!«

»Komm bleib!«, sagte Marcus. »Es war doch gerade so nett.«

»Tschüss!«

Filippa machte sich auf den Weg in Richtung Ausgang und hörte gerade noch, wie Louise ihr Urteil über die neue Mitbewohnerin sprach:

»Loser.«

4

Es kam der Tag, auf den Filippa so ungeduldig wie ängstlich gewartet hatte. Es war Zeit für das Vorsprechen an der Royal Drama School. Am Abend davor hatte Louise zum Glück gearbeitet, sodass Filippa sich in ihr Zimmer zurückziehen und ihre zwei einstudierten Monologe noch ein letztes Mal durchgehen konnte. Wie die meisten Schauspielschulen erwartete auch die Royal Drama School von ihren Bewerbern zwei Monologe, einen klassischen und einen modernen. Keiner durfte länger als drei Minuten dauern, man sollte mit möglichst wenigen Requisiten auskommen, und nur in einem der beiden durfte man sich direkt ans Publikum wenden. Den klassischen Monolog hatte sich Filippa aus Shakespeares *Romeo und Julia* ausgesucht, die Stelle, wo Julia ungeduldig darauf wartet, dass ihr die Amme Nachricht von Romeo bringt. Als modernen Monolog hatte sie eine Stelle aus Tom Topors *Nuts – Durchgeknallt* gewählt, wo es um eine schwierige Mutter-Tochter-Beziehung geht.

»Neun schlug die Glock, als ich die Amme sandte. In einer halben Stunde wollte sie schon wieder hier sein. Kann sie ihn vielleicht nicht treffen?«, fragte Filippa schon zum vierten Mal Bob Marley an der Wand.

Am nächsten Morgen nahm sie mit pochendem Herzen die U-Bahn zur Goodge Street. In der Straße selbst hielt sie Ausschau nach möglichen anderen, die aus demselben Grund unterwegs waren, aber sie sah nur einen Straßenkehrer und einen Geschäftsmann mit einem Starbucks-Kaffeebecher in der Hand.

Als Filippa zum Haus Nummer 23 kam, war sie erstaunt, aber auch ein bisschen enttäuscht: Die Royal Drama School befand sich in einem modernen Gebäude. Sie hatte ein altes viktorianisches Gemäuer erwartet, aus dessen geöffneten Fenstern Klaviermusik perlte, zu der eine Horde lachender junger Menschen in hautengen Trikots und mit Stulpen um die Knöchel tanzte und vielleicht sogar sang wie in *Fame – Der Weg zum Ruhm*. Und jetzt dieser gesichtslose Klotz, der offensichtlich in der besonders tristen ersten Hälfte der Sechzigerjahre des vorigen Jahrhunderts erbaut worden war. Es waren auch keine tanzenden oder singenden Schüler davor zu sehen. Filippa schob eine der beiden schweren Glastüren auf und ging hinein.

»Entschuldigung, ich soll hier vorsprechen«, sagte sie zu dem glatzköpfigen Mann, der in seine Zeitung versunken am Empfang saß. Ein Porträt Elisabeths II. von England an der Wand hinter ihm war das Einzige, was auf die Existenz der Royal Drama School in diesen Räumen verwies.

»Erster Stock«, sagte der Mann. »Die Treppe rechts. Viel Glück!«

Filippa ging die Treppe hoch und landete in einem Flur voller junger Menschen und vereinzelter Eltern. An der Wand hing ein Anschlag, und sie las:

VORSPRECHEN

Nimm Platz und warte, bis jemand kommt und dich abholt. Wer zu spät kommt, kann nicht mehr berücksichtigt werden. Es wird freundlichst darum gebeten, Rücksicht auf den laufenden Schulbetrieb zu nehmen und entsprechend leise zu sein. Der Verzehr von mitgebrachten Speisen

und Getränken ist untersagt. Handys bitte ausschalten. Fotografieren ist nicht erlaubt.

Ganz unten hatte jemand mit Kugelschreiber hinzugefügt: »Auf Flüchtige wird geschossen!«

Da es keine freien Stühle mehr gab, lehnte sich Filippa gegen die Wand und versuchte bei der vorsichtigen Musterung der Konkurrenz um einen Platz an einer der angesehensten Schauspielschulen der Welt möglichst unbeteiligt auszusehen. Die jungen Menschen auf dem Flur schienen alle ungefähr in ihrem Alter zu sein, und fast alle waren Mädchen. Sie konnte sich nicht helfen, aber sie fand, sie sahen allesamt begabter, hübscher und interessanter aus als sie. Außer ein paar Eltern, die auf ihre Sprösslinge einflüsterten, verhielten sich alle still.

Dann hörte man plötzlich einen Aufschrei und nachfolgend lautes Gelächter. Die Köpfe flogen herum, und alles schaute zum Ende des Flurs, wo zwei Mädchen und ein Junge aufgetaucht waren. Nach der lässigen Haltung und den lauten Stimmen zu urteilen, mussten es Schüler der Schule sein. Als das Trio sich der Aufmerksamkeit der Versammlung bewusst wurde, fing es an zu kichern, und eins der Mädchen boxte dem Jungen auf den Arm.

»Idiot, ich hab dir doch gesagt, dass heute Vorsprechen ist. Wann lernst du endlich, dass du besser auf mich hörst, Stoney?«

»Du hast mich geboxt! Ich hab Zeugen!«, sagte er.

Dann begann sich das Trio durch die wartende Menge zu schlängeln. Filippa sah, dass der Junge ein Handy und eins der Mädchen einen Apfel und eine Flasche Wasser in der Hand hielt. Die angeschlagenen Regeln galten offenbar nur für die Loser, die noch nicht an der Schule waren.

»Viel Glück!«, sagte eins der Mädchen, reckte den Daumen und lächelte, als schaute sie einer Gruppe Kindergartenkinder beim Versuch zu, einen Teilchenbeschleuniger zu bauen. »Es läuft bestimmt super. Es ist eine fantastische Schule!«

»Mach jetzt, die Shakespeare-Übung hat wahrscheinlich schon angefangen!«

Der Junge schob die Mädchen vor sich her, die aus Protest und vor Entzücken jauchzten, dann war die kleine Vorstellung so schnell vorbei, wie sie begonnen hatte. Filippa hätte sonst etwas darum gegeben, eins der beiden Mädchen zu sein. Hier dermaßen lässig über den Flur zu tänzeln, mit Jungs, die Stoney hießen, Shakespeare-Übungen besuchen und im Vorübergehen irgendwelchen Bewerbern Glück zu wünschen, ohne es zu meinen – die Sehnsucht nach all dem überrollte sie wie eine Welle. Nur ganz kurz verspürte sie auch den Wunsch, den dreien den Hals umzudrehen.

»Welchen klassischen Monolog machst du?«, hörte Filippa ein dunkelhaariges Mädchen ihre Nachbarin fragen.

»Desdemona.«

»Cool. Sie sind bestimmt für jede dankbar, die nicht Julia macht. Alle machen Julia.«

Filippa stand stocksteif, um nur ja kein Wort zu verpassen.

»Und du?«

»Hamlet.«

»Also Ophelia.«

»Nein, Hamlet«, sagte die Dunkelhaarige.

»Wow, find ich cool.«

Filippa hätte sich sonstwohin beißen können. Warum hatte sie sich nicht auch eine männliche Figur ausgesucht statt etwas derart Gewöhnliches wie ausgerechnet Julia? Es war doch klar, dass man nur so aus einer Horde von Millionen Bewerbern herausragen konnte. Voller Neid schaute sie auf die Dunkelhaarige, die lächelnd dasaß und natürlich wusste, dass die meisten gehört hatten, was sie gesagt hatte.

Dann ging endlich die Tür zu dem Raum auf, vor dem sie sich alle versammelt hatten. Ein klein gewachsenes Mädchen verschwand über die Treppe nach unten, und der Kopf eines jungen Mannes mit Ziegenbärtchen tauchte im Türrahmen auf.

»Anna Doody«, las er von einer Liste ab. »Anna Doody?«

Die Dunkelhaarige stand auf und ging durch die Tür. Die Tür ging zu, und alle starrten sie weiterhin an. Filippa setzte sich auf Anna Doodys Platz, stellte sich ihren Rucksack auf den Schoß und krallte sich daran fest. Sie lauschte, aber mehr als leises Gemurmel war aus dem Raum hinter der Tür nicht zu hören. Nach etwa zehn Minuten ging die Tür wieder auf, und der junge Mann mit dem Ziegenbärtchen und Anna Doody kamen heraus.

»Danke«, sagte Anna Doody. »Das war richtig toll.«

»Tschüss!«, sagte der junge Mann mit dem Ziegenbärtchen, als wäre sie schon angenommen. Dann studierte er wieder seine Liste. »Filippa Karlsson?«

Filippa hob die Hand, ließ sie sofort wieder sinken und stand auf.

»Hier!«

Der junge Mann nickte in Richtung offene Tür. Jetzt, wo sie an der Reihe war, wurde Filippa komischerweise ruhig. Im Bewusstsein, dass alle Blicke auf sie gerichtet waren, betrat sie den Raum und schloss die Tür.

»Ich werde dein Souffleur sein, bitte gib mir deine Texte«, sagte der junge Mann.

Filippa gab sie ihm und sah sich um. Der Raum war hell und erinnerte an einen Proberaum für Tänzer, nur ohne Spiegel an den Wänden. Die einzigen Möbel waren ein Tisch am Fenster, hinter dem ein älterer Mann und eine Frau saßen, und mehrere über den Raum verteilte Stühle.

Der junge Mann mit dem Ziegenbärtchen stellte sich diskret neben die Tür.

»Nur herein, nur herein!«, sagte die Frau hinter dem Tisch und winkte mit der Hand. Ihre braunen Haare waren so kurz geschnitten, dass sie fast rasiert aussahen, und ihre Augen waren ungeschminkt.

»Filippa, richtig?«, fragte der ältere Mann neben ihr.

»Ja«, sagte Filippa und gefror schlagartig zu Eis.

Der Mann. Der ältere Mann.

»Ich sehe, du kommst aus Schweden«, sagte er. »Ein wunderschönes Land!«

»Ja«, sagte Filippa und konnte den Blick nicht mehr von ihm wenden.

»Vor vielen Jahren habe ich dort mit Helen gedreht«, sagte der ältere Mann zu seiner Kollegin und hob dabei eine Braue. Die Frau lachte, als wäre mit Helen gedreht zu haben etwas unfassbar Komisches.

Der ältere Mann war um die siebzig, hatte graues Haar und schaute Filippa mit den freundlich blinzelnden Augen an, die sie schon so oft gesehen hatte. Seinem leicht verlegenen Gesichtsausdruck nach hatte er bemerkt, dass sie ihn erkannt hatte.

»Eines der wunderbaren Privilegien, ein Ehemaliger dieser Schule zu sein, ist es, dass ich gelegentlich wiederkommen und ein wenig aushelfen darf«, sagte er beinahe entschuldigend mit seiner schönen tiefen Stimme.

Und plötzlich fiel Filippa sein Name ein: Ian McKellen. Sie würde Sir Ian McKellen vorsprechen, einem der berühmtesten Schauspieler der Welt.

»Filippa, fang an, wann immer du möchtest«, sagte die Frau mit einem Lächeln. »Fang vielleicht mit dem klassischen Monolog an, und wenn du fertig bist, mach einfach mit dem modernen weiter.«

»Alles klar«, sagte Filippa. »Entschuldigung, ich hab mir Julia aus *Romeo und Julia* ausgesucht.«

»Eine meiner Lieblingsfiguren aus einem meiner Lieblingsstücke«, sagte Sir Ian McKellen, der spätestens damit seine Oscar-Nominierung verdient hatte.

Filippa schob im Geiste beiseite, wem sie da vorsprach, und holte tief Luft.

»Neun schlug die Glock, als ich die Amme sandte …«

Als Filippa ihre beiden Monologe beendet hatte, war sie selbst zufrieden. Ihre Julia war vielleicht nicht die Beste gewesen, die ihr je gelungen war, aber am Ende hatte sie es sogar geschafft, eine echte Träne herauszuquetschen.

»Danke, Filippa«, sagte Sir Ian McKellen und notierte etwas auf dem Blatt, das vor ihm lag. »Und jetzt das Lied.«

»Entschuldigung?«

Die Frau lächelte.

»Das Lied, das wir alle Bewerber vorzusingen bitten.«

Filippa wurde blass und spürte, dass gleich mehr echte Tränen fließen würden.

»Ich hab kein Lied vorbereitet. Entschuldigung.«

»Das macht nichts. Wenn du keins vorbereitet hast, sing einfach, was du möchtest«, sagte die Frau. »Es ist nur, damit wir wissen, dass du nicht unmusikalisch bist.«

»Warum nicht etwas Schwedisches?«, sagte Sir Ian McKellen und strahlte.

Filippas Kopf war wie leer gefegt. Was sang man denn in Schweden?

»Ja, warum nicht etwas Schwedisches?«, sagte die Frau und nickte begeistert.

Sogar der junge Mann mit dem Ziegenbärtchen sah Filippa erwartungsvoll an.

Wenige Minuten später stürmte sie aus der Royal Drama School und sprintete beinahe zur U-Bahn, alles nur, um nicht mehr daran denken zu müssen, dass sie Sir Ian McKellen alias Gandalf »Hoch soll er leben!« vorgesungen hatte.

5

Auch nach zwei Wochen hatte Filippa noch keine Arbeit gefunden. Keine der Personalvermittlungen hatte sich bei ihr gemeldet, und Louise schlug vor, dass Filippa sich vielleicht auch nach einem Job als Bedienung umschauen sollte.

»Geh zum Cap Café am Leicester Square«, sagte Louise. »Da kriegst du garantiert einen Haufen Trinkgeld.«

Aber als Filippa dort fragte, sagte die schwarz gekleidete Frau mit dem strammen Pferdeschwanz, die hinter der Theke stand, dass sie gerade niemanden bräuchten. Es war Sekunden nachdem Filippa ihr erzählt hatte, dass sie keinerlei Gastronomieerfahrung habe.

»Dann versuch's bei einer von Arthur G's Irish Bars«, war Louises nächster Vorschlag. »Die nehmen jeden.«

Filippa war sich nicht sicher, ob sie zu diesem erlauchten Kreis gehören wollte, ging aber dennoch zu einer der Bars in der Nähe des Piccadilly Circus.

Im Gegensatz zum Empfang im Cap Café wurde sie hier geradezu enthusiastisch aufgenommen.

»Du kannst sofort anfangen«, sagte der Rothaarige, der ein kleines Schild mit der Aufschrift »Manager« auf dem Hemd trug.

»Wirklich?« Filippa strahlte. Es war das erste Mal in London, dass sie eine positive Resonanz erlebte.

»Warte, ich hol nur das Formular, das du ausfüllen musst.«

Der Rothaarige verschwand, und Filippa sah sich um. Das hier würde also ihr Arbeitsplatz werden. Es war Lunchtime, und das Lokal war proppenvoll. Gehetzte Kleinkindeltern versuchten ihre in Hochstühle gezwängten Lieblinge zum Stillsitzen zu bewegen, während sie ihnen Pommes und gebackenen Fisch zuführten. Es gab aber auch jüngere Paare, die irgendwie erschöpft aussahen und nicht miteinander sprachen. Meistens hatten die Mädchen große Gap- oder Zara-Tüten unter den Tischen, während die zugehörigen Jungs gebannt auf irgendein gerade erworbenes technisches Spielzeug starrten.

Eine gestresste Bedienung kam und brachte dem etwas älteren Paar am Tisch gleich neben Filippa ihr Essen. Vor den Mann stellte sie eine weiße Schale, in der ein kleines Stück Lasagne Blasen warf und aussah, als käme es frisch aus der Mikrowelle. Die Frau bekam einen Caesar-Salat.

»Guten Appetit!«, sagte die Bedienung mit einem verkrampften Lächeln.

Dann wollte sie gehen, aber der Mann hielt sie an ihrer braunen Uniform fest.

»Entschuldigung, meine Lasagne ist in der Mitte noch tiefgefroren!«

»Oh! … Moment mal, Roger, ist das, was ich glaube, dass es ist?«

Die Frau hielt dem Mann ihren Teller hin und zeigte auf ein Salatblatt. Der Mann betrachtete es genau.

»Sieht aus, als hätte meine Frau ein Haar im Essen. Ein schwarzes Haar, von dem ich annehme, dass es in einem Caesar-Salat nichts verloren hat. Im Übrigen haben wir noch nichts zu trinken, obwohl wir seit – Moment – geschlagene vierzig Minuten …«

Filippa nahm ihre Handtasche und flüchtete, bevor der Rothaarige mit dem Formular zurückkam.

Statt eines Jobs versuchte Filippa daraufhin eine neue Bleibe zu finden. Sie wohnte sowieso schon länger in Archway, als sie ursprünglich vorgehabt hatte.

In einem finsteren Internetcafé in Highgate begann sie verschiedene Internetseiten nach passenden Zimmern abzusuchen. Sie war das einzige Mädchen im Café, alle anderen waren junge Männer, die Computerspiele spielten. Sie schrieb einigen Vermietern Mails und notierte sich etliche Telefonnummern. Auf Louises Anraten suchte sie nur in der ersten und zweiten der sechs Zonen, in die London eingeteilt war, und wo sie schon im Norden wohnte, fand sie es am besten, dort zu bleiben.

Zu ihrem großen Erstaunen bekam sie gleich am ersten Tag drei Besichtigungstermine. Das erste Zimmer, das sie sich anschaute, befand sich im ersten Stock eines Hauses hinter King's Cross. Die Frau, die dort die Tür öffnete, ließ Filippa zurückweichen.

»Ja?«

»Hallo. Ich hab wegen des Zimmers angerufen. Filippa Karlsson.«

»Genau, Filippa«, sagte die Frau langsam. »Wie gut, dass du kommen konntest.«

Die Frau trat einen Schritt zurück, um Filippa Platz zu machen, was nicht nötig gewesen wäre, denn sie glich mehr einem Skelett als einem Menschen aus Fleisch und Blut. Sie hatte dunkle Ringe unter den Augen, und ihre Haut und die eingesunkenen Wangen erinnerten an eine schlecht gemachte

Gummimaske, die eben im Begriff war, endgültig die Form zu verlieren. Sie hielt sich gebeugt, und als sie voranging, um Filippa das infrage stehende Zimmer zu zeigen, konnte die ihre Knochen aus dem Rücken stehen sehen. Dennoch wurde Filippa das unheimliche Gefühl nicht los, dass die Frau so alt eigentlich gar nicht sein konnte.

»Das ist das Zimmer«, sagte sie und wickelte sich die Strickjacke, die sie trug, um den Körper, obwohl es ein warmer Julitag war.

Auf dem Bett in dem Zimmer lagen bunte Kleider ausgebreitet, an den Wänden hingen ungefähr ein Dutzend venezianische Masken, und auf dem Nachttisch stapelten sich Pillenschachteln.

»Wohnt hier noch jemand?«, fragte Filippa.

Die Frau nickte.

»Ja, ich. Aber sobald du einziehen kannst, ziehe ich um ins Wohnzimmer.«

In Filippa stieg Panik auf. Die Frau redete schon so, als stünde fest, dass sie hier einzog. Dass die Frau dann ins Wohnzimmer ziehen wollte, war keineswegs beruhigend.

»Ins Wohnzimmer?«

»Ja. Ich werde auf dem Sofa schlafen.«

»Aber ich kann Ihnen doch nicht einfach das Zimmer wegnehmen.«

Die Frau seufzte und sah plötzlich so fertig aus, dass Filippa fürchtete, sie könne jeden Augenblick umkippen.

»Ich hab die Wohnung mit meinem Freund geteilt. Er war Tänzer, aber er ist gestorben.«

»Das tut mir schrecklich leid«, sagte Filippa.

Die Frau zuckte die Achseln.

»Ich kann nicht mehr arbeiten, darum brauche ich die Miete.« Sie sah Filippa mit flehendem Blick an. »Also wann kannst du einziehen?«

Filippa antwortete, sie habe noch ein paar andere Angebote, die sie erst prüfen wolle, aber sie lasse so schnell wie möglich von sich hören. Als sie einander die Hände schüttelten – Filippa darauf bedacht, nur ja nicht zu fest zuzudrücken –, sah die Frau so traurig und resigniert aus, als wüsste sie, dass Filippa niemals bei ihr wohnen würde.

Das nächste Angebot war ein Studio nahe Mornington Crescent. Vor der schwarz gestrichenen Tür stand ein Mann in einem teuren grau gestreiften Anzug.

»Filippa, nett Sie kennenzulernen«, sagte er und drückte ihr viel zu hart die Hand.

Sie betraten ein Treppenhaus, das nach Holz und frischer Farbe roch. Ausnahmsweise konnte Filippa einmal keine Spur von Teppichboden entdecken. Der Mann zog einen Schlüsselbund aus der Tasche und öffnete die Tür zur Wohnung im obersten Stockwerk. Als sie eintrat, traute sie ihren Augen nicht.

»Wie Sie sehen, ist alles frisch renoviert und gestrichen, und auch das Parkett ist neu. Wir haben sogar Doppelfenster einbauen lassen, und in der Küche gibt es außer Herd und Backofen, Kühl- und Gefrierschrank auch eine Mikrowelle. Darf ich fragen, was Sie in London vorhaben?«

Filippa konnte sich an dem hellen Zimmer und dem strahlend weißen Bad mit Dusche und Badewanne nicht sattsehen.

»Ich hab mich noch nicht endgültig entschieden«, sagte sie, weil es ein bisschen kompliziert gewesen wäre zu erklären, dass mehr oder weniger alles von der Aufnahme in eine Schauspielschule abhing, in die man normalerweise nicht hineinkam.

»Verstehe«, sagte der Mann. »Nach meinem Studium in Cambridge habe ich auch erst ein Sabbatical eingelegt. Bin nach Südostasien und der Goldküste gereist, all so was.«

Filippa konnte immer noch nicht glauben, dass das hier real war. Von genau so einer Wohnung hatte sie immer geträumt.

»Und die Monatsmiete ist wirklich so, wie es in der Anzeige stand? Es gibt keine zusätzlichen Kosten?«, fragte Filippa, um ganz sicherzugehen, dass sie nicht doch träumte.

Der Mann schaute sie an und sagte erst nichts. Dann: »In der Anzeige steht die Wochenmiete. – Die Wochenmiete«, wiederholte er.

Es war, als hätte sich eine Luke zum Nordpol geöffnet. Sie sagten einander nicht einmal Tschüss, als er die Wohnungstür öffnete, um sie hinauszulassen.

Das dritte Angebot führte sie nach Stoke Newington, und als der Vermieter die Tür öffnete, wähnte sich Filippa auf einer Zeitreise in die Vergangenheit. Der Mann hatte einen langen dunklen Bart, Schläfenlocken auf beiden Seiten des Gesichts und trug ein Käppi, das mit einer Nadel in den Haaren befestigt war. Er führte Filippa durch ein unaufgeräumtes Haus, und das Zimmer, das er vermieten wollte, war leider in keinem besseren Zustand als die übrigen Räume. Es war staubig, und die Luft darin war abgestanden. Ein schmutziges Fenster zeigte auf einen Hinterhof voller alter Möbel, kaputter Spielsachen und anderem Gerümpel, darunter ein ausrangierter Kühlschrank. Dafür, dass es von dort auch noch fünfzehn Minuten bis zur nächsten Bushaltestelle war, fand Filippa die Miete zu hoch. Damit der Mann nicht dachte, ihre Absage hätte etwas mit seiner Religion zu tun, erzählte sie ihm, sein Zimmer sei das beste, das sie bisher gesehen habe, und sie lasse möglichst bald von sich hören.

Das vierte Zimmer besichtigte sie erst am nächsten Tag. Es gehörte zu einer Wohnung, in der schon zwei schüchterne Chinesinnen wohnten. Sie boten ihr Tee in der saubersten Küche an, die sie bisher in London gesehen hatte. Das darauffolgende Schweigen musste sie selbst brechen.

»London ist groß«, sagte sie.

Die Frauen nickten energisch.

»Ja, sehr groß«, sagte die etwas größere der beiden.

Dann wurde es wieder still.

»China ist auch groß«, versuchte es Filippa.

Die beiden nickten wieder. Stille.

»Und wirklich schön, hab ich gehört«, flunkerte Filippa.

»Ja, ja, wirklich schön«, sagte wieder die Größere und lächelte.

Filippa trank einen Schluck von dem grünen Tee und tat so, als schmeckte er nicht nach lauwarmem Spülwasser.

»Weißt du etwas über die chinesische Kultur?«, fragte die Größere.

»Mhm«, sagte Filippa und nickte. »Ihr habt sehr gutes Essen und … Fahrräder. Und dann gibt es diesen weisen Dichter, der immer über Moral geschrieben hat, wie hieß er noch mal? Mao Zedong.«

Die zwei Frauen starrten Filippa wortlos an, und erst als sie die Wohnung verlassen hatte, kam es ihr, dass sie eigentlich Konfuzius hatte sagen wollen und nicht den Namen eines Mannes, der für den Tod von 70 Millionen Chinesen verantwortlich war. Sie beschloss daraufhin, lieber doch nicht zu den Chinesinnen zu ziehen.

Das fünfte Zimmer bot ein Typ mit fettigen Haaren an. Als er sich Filippa näherte, haute sie sein stechender Köpergeruch fast um.

»Ich arbeite von zu Hause aus«, sagte er. »Ich gehe überhaupt nicht gern aus dem Haus, du brauchst dir also nie Sorgen zu machen, dass du allein bist. Kochst du gern?«

Als Filippa bemerkte, dass die Tür des zu vermietenden Zimmers nicht von innen abschließbar war, sagte sie so höflich sie konnte ab.

Das sechste Zimmer führte sie nach Golders Green, wo sie, schon bevor sie überhaupt anklopfte, einen derart starken Geruch von Marihuana wahrnahm, dass sie auf dem Absatz kehrtmachte.

Als sie an dem Abend nach Archway zurückkam, hatte sie müde Füße und ein wundes Herz. Offensichtlich war es in London ebenso unmöglich, einen Platz zum Wohnen zu finden wie einen Job. Und das Schlimmste war, dass fast alle Zimmer, die sie sich angeschaut hatte, teurer waren, als sie es in ihrem Budget eingeplant hatte. Überhaupt war *alles* in London teurer, als sie sich je hätte vorstellen können. Schon was sie für Bus und U-Bahn brauchte, kam ihr wie ein kleines Vermögen vor, und neue Klamotten würde sie sich gar nicht mehr leisten können. Dass sie sich einmal eine Tasse Tee und einen Blaubeermuffin gekauft hatte, war längst eine blasse Erinnerung. Inzwischen musste sie sparen, wo es nur ging. Erst jetzt, wo sie zum ersten Mal allein lebte, wurde ihr klar, wie oft man etwas zu essen kaufen musste und wie viel es kostete. Gleich in der ersten Woche hatte sie ein Konto bei der Barclays Bank eröffnet und das ganze Geld von ihrem schwedischen Konto herübertransferieren lassen, Geld, das sie jahrelang von dem bisschen

Taschengeld, das sie von Mama bekam, zusammengespart hatte. Mit Sorge beobachtete sie, wie es langsam, aber sicher dahinschwand.

Überraschenderweise war es dann Louise, die ein Zimmer für sie fand.

»Eine Freundin von mir musste plötzlich zurück nach Neuseeland, jetzt brauchen sie so schnell wie möglich eine Nachmieterin für ihr Zimmer. Magst du's dir anschauen?«

Eigentlich hatte sie jede Hoffnung aufgegeben, dass sie jemals wieder würde schlafen können, ohne dass ihr Louises aus dem Bett baumelnder Stinkefuß ins Gesicht hing, bis sie morgens wie gerädert aufwachte. Dennoch fuhr sie nach Kentish Town zu der Adresse, die sie von Louise bekommen hatte.

Die Wohnung, die sie suchte, befand sich im vierten Stock eines Hochhauses, und nachdem sie mehrere Minuten vergeblich den angekokelten Aufzugknopf gedrückt hatte, nahm sie die Treppe.

Es stank derart nach Urin, Scheiße, verrotteten Essensresten und etwas beißend Scharfem, dass sie sich den ganzen Weg hinauf die Nase zuhielt. Im zweiten Stock musste sie über einen Mann hinwegsteigen, der quer im Treppenhaus lag. Ein dunkler feuchter Fleck hatte sich vom oberen Teil seiner Hose bis zu den Knien ausgebreitet.

Im vierten Stock angekommen, fand Filippa die richtige Tür und klopfte an. Nach einer Weile öffnete ein schwarzes Mädchen mit einer Menge kleiner Zöpfe die Tür.

»Hallo, ich bin Filippa, Louises Freundin.«

»Hallo, komm rein! Ich bin Bridget.«

Filippa war erleichtert, dass die Wohnung nicht so schrecklich war, wie man hätte glauben können. Nach rechts ging es von dem kleinen Flur, in dem sie standen, in drei Zimmer, links konnte Filippa ein grün gefliestes Kleinstbadezimmer erkennen und daneben die Küche. Das Küchenfenster ging ins Treppenhaus und war vergittert.

»Das hier ist es«, sagte Bridget.

Sie zeigte in eins der drei Zimmer. Es war klein und quadratisch, mit einem Doppelbett, einem Nachttisch und einem Einbauschrank. Obwohl es ein bisschen ungelüftet und nach kaltem Rauch roch, mochte es Filippa sofort.

»Im Zimmer nebenan wohne ich, und im dritten Zimmer, dem mit dem Balkon, wohnt Malin. Sie ist auch aus Schweden. Küche und Bad teilen wir uns. – Du hast doch nicht den Aufzug genommen?«

»Nein, er war kaputt.«

»Gut. Nimm ihn auch nicht, wenn er funktioniert. Hier im Haus wohnen ein paar zwielichtige Typen.« Bridget untersuchte einen ihrer kleinen Zöpfe und runzelte die Stirn. »Das Mädchen, das vorher in dem Zimmer gewohnt hat, musste schnell weg, darum ist die Miete für den Rest des Monats schon bezahlt. Du musst nur die Kaution bezahlen und vor dem Monatsende die erste Miete.«

Filippa lächelte Bridget an.

»Ich nehm's gern.«

Bridget lächelte zurück.

»Great! Wann kommst du?«

Am nächsten Morgen war Filippa dabei, ihre große Tasche für den Umzug von Archway nach Kentish Town zu packen, als ihr Handy klingelte.

»Hallo, Filippa, hier ist Lisa von der Bright-Angels-Personalvermittlung.«

»Hallo.«

»Filippa, wir haben hier gerade einen Engpass, und ich wollte Sie fragen, ob Sie nicht einspringen könnten. Wir bräuchten Sie allerdings schon in ein paar Stunden, also spätestens am Nachmittag. Ginge das?«

Das Lächeln, das Filippa schon den ganzen Morgen auf den Lippen hatte, wurde noch eine Spur breiter.

6

»Warte, ist nicht Filippa mit dem Teekochen an der Reihe?«, sagte der Drache namens Sue.

Filippa schloss die Augen und schickte ein Stoßgebet an die Götter der schlecht bezahlten Bürokräfte, dass sie sich nur verhört hatte. Eine ganze Woche hoffte sie schon, dass dieser Kelch an ihr als Anfängerin bei der GH Media vorüberging.

»Filippa! Filippa, komm doch mal!«, rief der Drache Sue mit Augen, die vor Hinterlist noch schmaler waren als sonst.

Filippa öffnete die Augen und näherte sich Sues Schreibtisch. Sie versuchte ein möglichst echtes Lächeln, was ihr mit zunehmender Nähe zu Sue immer schwerer fiel.

»Bin schon da. Und was mögen die Leute genau?«

Sue richtete den Blick wieder auf den Bildschirm und hackte demonstrativ auf die Tastatur ein. Filippa sollte spüren, dass sie nicht einmal einen Blick wert war.

»Andrew, Angela und Ruth nehmen Tee mit Zucker, alle anderen ohne. Zwei Stück für Ruth, eins für Angela, und Andrew, unser kleiner Süßer, will fünf. Darinder nimmt den Tee schwarz, aber nicht zu stark, aber lass den Beutel nicht zu lange drin. Fran, Jill und ich mögen den Tee mit nicht zu viel Milch, aber auch *bitte* nicht zu wenig! Angela und Ruth nehmen beide Zucker und viel Milch, aber wenn der Zucker alle ist, kannst du Ruth auch eine Tasse Pulverkaffee bringen und Angela und

Andrew nichts. Wenn noch English Breakfast übrig ist, gib ihn Angela, sonst nimmt sie Tetley wie alle anderen. Ach ja, und Andrew mag's nicht, wenn man noch den letzten Tropfen aus dem Teebeutel quetscht, diese kleinen bröckeligen Reste, also mach das nicht bei ihm. Und nimm um Himmels willen nicht die Tassen mit dem MIPCOM-Logo, die sind zu groß. Nimm die mit dem normalen MIP-TV-Logo. Gib Jill die Beste-Mama-der-Welt-Tasse und Ruth die mit den grünen Dreiecken. Und nicht vergessen: Nicht zu viel Milch!«

Wie ein zum Tode Verurteilter auf dem Weg zum Schafott schlich Filippa in die Küche. Verzweifelt versuchte sie sich alles zu merken, was Sue ihr gesagt hatte. Sie schaltete den Wasserkocher ein und holte sieben Tassen aus dem Schrank. Dann hielt sie inne.

Panik stieg in ihr auf, und sie spürte Schweißtropfen über ihren Rücken laufen. Wer war's noch mal, der Zucker wollte? Und wer English Breakfast statt Tetley? Wer war die beste Mama der Welt, und was genau meinte Sue mit nicht zu viel Milch, aber auch nicht zu wenig? Wie viel *war* nicht zu viel?

Als das Wasser gekocht hatte und die Teebeutel schon eine Weile in den Tassen hingen, goss Filippa versuchsweise etwas Milch in eine der Tassen, und die Farbe des Tees darin verwandelte sich von Rotbraun in Dunkelbraun. Das schien ihr nicht genug, weshalb sie etwas Milch nachgoss, worauf der Tee beigebraun aussah. Das erschien ihr übertrieben, also schüttete sie den Inhalt der Tasse in den Ausguss. Inzwischen zitterten ihr die Hände. Wie viele Stücke Zucker sollten es bei Angela sein, eins oder zwei? Oder war es Fran, die den Tee mit Zucker haben wollte? Filippa, die Zuckerschachtel in der einen und die Milchpackung in der anderen Hand, hätte am liebsten geheult. Besaßen die Engländer von Geburt an einen Maßstab dafür, wie wenig Milch »wenig Milch« genau war, oder lernten sie das in der Grundschule? War es so eine Art Geheimwissen, das sie Ausländern nicht preisgeben durften? Selbst unter Androhung von Folter nicht? (*»Steady on, chaps, better not let them know it's ten milliliters!«*) Und was hatte Sue über Ruth gesagt? Irgendetwas war mit ihrer Tasse, aber was? Wollte sie die mit den grünen Dreiecken, oder war das die zu kleine? Das Herz in Filippas Brust schlug wie eine Trommel. Sosehr sie sich auch das Gehirn zermarterte, das Einzige, woran sie sich klar und deutlich erinnern konnte, war, dass Andrew es nicht mochte, wenn man die letzten Tropfen aus dem Teebeutel quetschte. Oder war es Darinder?

Eine halbe Stunde später wankte Filippa mit einem Tablett voller Tassen aus der Küche.

»Da bist du ja«, sagte der Drache Sue. »Wir dachten schon, du wärst nach Schweden zurückgefahren.«

Filippa versuchte nicht mal ein Lächeln, sondern verteilte die Tassen. Ihre Hände zitterten immer noch. Seit dem Augenblick, als sie kurz vorm Nervenzusammenbruch gestanden hatte, hatte sie getan, was sie konnte.

»Bitte sehr!«, sagte sie.

»Ah, a cuppa!«, freuten sich die meisten, als wären sie Galeerenhäftlinge kurz vorm Verdursten und der Gedanke an Tee das Einzige, was sie bis hierher hatte durchhalten lassen.

Filippa setzte sich schnell zurück auf ihren Platz und vergrub den Kopf in dem Stapel Unterlagen vor ihr auf dem Schreibtisch, damit sie von den Reaktionen auf den Tee nichts mitbekam.

Da, wer mit dem Teekochen an der Reihe war, hinterher

auch spülen musste, sammelte sie die Tassen nach zwanzig Minuten wieder ein. Enttäuscht, aber nicht wirklich überrascht, sah sie, dass nicht einmal die Hälfte der Kolleginnen und Kollegen ausgetrunken hatte. Zwei hatten ihre Tasse gar nicht angerührt. Höfliche Engländer, die sie waren, beklagte sich aber niemand, sondern alle bedankten sich herzlich bei Filippa. Alle außer Sue natürlich.

»Was Tee angeht, wird sie noch einiges lernen müssen«, sagte sie zu niemand Bestimmtem, aber laut genug, dass Filippa es hören konnte.

»Entschuldigung«, murmelte Filippa, als sie Sues Tasse wegräumte, die zu denen zählte, die kaum angerührt waren.

»Das war die schlimmste Tasse Tee, seit Jim und ich in Frankreich waren. Die Schweden haben anscheinend genauso wenig Teekultur wie die Franzosen. Wahrscheinlich trinkt ihr nur Wodka, während ihr eure Billigmöbel schnitzt.«

Während der Drache Sue gackernd zu lachen begann, verzog sich Filippa wieder in die Küche, um zu spülen und die Minuten bis zum Feierabend zu überschlagen.

Bisher wurde weder die Graeme Hartley International Media Corporation, auch bekannt als GH Media, ihrem Namen gerecht noch Filippas Stelle den vollmundigen Versprechungen Lisas von den Bright Angels.

»Es ist eines der führenden Medienunternehmen des Landes«, hatte sie am Telefon gesagt. »Sie befassen sich mit absolut *allem*, was mit Medien zu tun hat, von PR-Videos für Unternehmen in 3D bis zu digitalen Radiokanälen für Gehörlose. Das *Forbes Magazine* hat sie letztes Jahr das aufregendste und innovativste Unternehmen der Welt genannt und ihren CEO Graeme Hartley ein Genie im Aufspüren der neuesten Trends.

Wir haben Mädchen, die ihren rechten Arm dafür geben würden, wenn sie dort arbeiten dürften – Sie sind ein Glückspilz, Filippa, dass Sie diese Chance bekommen.«

Filippa hatte die Frage auf der Zunge gelegen, warum gerade sie die Stelle bekommen sollte, wenn doch alle dort arbeiten wollten, aber gesagt hatte sie nur:

»Sie sagen, es ist eine Notsituation – was ist denn mit dem Mädchen, das bisher dort war?«

Danach hatte es eine kleine Pause gegeben, und als Lisa die Frage beantwortete, klang ihre Stimme höher und heller als zuvor.

»Sie musste zurück nach Leeds, irgendeine Familiengeschichte, aber sie war todtraurig, dass sie dort aufhören musste. Schlimm, wenn man bedenkt, dass sie ja nichts dafür kann, die Arme.«

»Und wie ist es mit der Bezahlung? Bekomme ich mein Geld monatlich?«

»Es ist wie bei allen unseren Büroengeln: Sie tragen in ein Excel-Formular ein, wie viele Stunden Sie am Tag gearbeitet haben, am Freitag schicken Sie es hierher, und am Montag haben Sie Ihren Wochenlohn. Sie sehen, wir tun was für unsere Engel.«

»Und wie hoch ist der Lohn?«

»Wo Sie noch nicht für uns gearbeitet haben, müssten wir Sie eigentlich in der niedrigsten Stufe eingruppieren, das wären sechs Pfund die Stunde. Aber weil Sie so nett sind und sozusagen in letzter Minute einspringen, will ich gern dafür sorgen, dass Sie auf sechs Pfund zwanzig kommen. Das klingt nicht schlecht, stimmt's?«

Filippa war sich nicht sicher, wie das klang, aber sie brauchte so verzweifelt Geld, dass sie sich wohl nicht beklagen konnte, obwohl sie bei sechs Pfund zwanzig zwei Wochen Vollzeit würde arbeiten müssen, um auch nur ihre Monatsmiete zu bezahlen.

»Klingt fantastisch«, sagte sie. »Tausend Dank für die Chance!«

»Ich danke Ihnen, Filippa. Und immer dran denken: Für einen Büroengel der Bright Angels Agency ist nichts unmöglich!«

Lisa hatte unrecht. Für diesen speziellen Büroengel war sogar etwas derart Einfaches unmöglich, wie ganz normal Tee zu kochen. Außerdem ahnte Filippa inzwischen, warum ihre Vorgängerin nicht mehr da war: Sie hatte einen Mordanschlag auf den Drachen Sue verübt oder umgekehrt, Sue auf sie. Wahrscheinlich hätte sie nur im Materialraum nachzuschauen brauchen, um den abgeschlagenen Kopf des armen Dings zwischen Bic-Kugelschreibern und Schachteln mit Büroklammern zu finden. Als eine Art Wiedergutmachung für die Teetragödie spülte Filippa die Tassen besonders sorgfältig und wischte sämtliche frei liegenden Flächen der kleinen Küche.

Als sie zu ihrem Schreibtisch zurückging, registrierte sie erleichtert, dass alle zum Lunch gegangen waren. Da sie eine Zeit lang nicht würde tun müssen, als ob sie arbeitete, was eindeutig eine ihrer Hauptaufgaben bei der GH Media war, schaute sie sich einmal in Ruhe in den Räumen um. Vom imposanten Empfang mit Marmorfußboden und großen Palmen abgesehen, sah es hier überhaupt nicht so aus, wie sie es bei einem erfolgreichen internationalen Medienunternehmen erwartet hatte. Als sie sich mit Lisas Zettel auf den Weg gemacht hatte, hatte sie sich noch ein TV-Studio voller Kameras, Mikrofone und vor allem junger Menschen in dunklen Polohemden vorgestellt, die vor aufregenden neuen Ideen nur so sprühten, während sie Espresso tranken und von einer Besprechung zur anderen hetzten. Stattdessen war sie bei der Internen Revision in einer staubigen Ecke des zweiten Stocks eines alten viktorianischen Gebäudes gelandet. Ihre nächsten Kolleginnen und Kollegen waren die indische Darinder, die nie ein Wort sagte, Andrew, der noch bei seiner Mutter wohnte, Jill, die keinen Satz sagen konnte, in dem nicht ihre zwei Kinder vorkamen, und last but not least der Drache Sue. Was Filippa betraf, hatte die Medienwelt noch einen weiten Weg vor sich, wenn sie irgendwann ihrem glamourösen Ruf gerecht werden wollte.

Schon der erste Tag hätte fast in einer Katastrophe geendet und sie um ein Haar die Karriere gekostet, bevor sie überhaupt begonnen hatte. Exakt um 12.00 Uhr desselben Tages, an dem Lisas Anruf gekommen war, hatte sie mit klopfendem Herzen den freundlichen Empfang betreten.

»Willkommen bei der Graeme Hartley International Media Corporation, wie kann ich Ihnen helfen?«, fragte die lächelnde junge Frau hinter dem Tresen.

Filippa kam nicht umhin, ihre schöne blassblaue Bluse und das hellrosa Tuch zu bewundern, das sie dazu trug.

»Hallo, ich bin Filippa von den Bright Angels«, sagte Filippa. »Ich soll ein paar Wochen hier arbeiten.«

»Willkommen, Filippa! Ich heiße Emma. Wir schätzen es sehr, dass Bright Angels uns in solchen dringenden Fällen aushilft. – Wen hat man dir als Kontaktperson genannt?«

Filippa schaute auf ihren Zettel.

»Susan Brewster.«

Die Miene der jungen Frau am Empfang verfinsterte sich für eine Sekunde.

»Sue, ja, sicher. Wenn du dich kurz da vorne aufs Sofa setzt, ruf ich sie an.«

Filippa bedankte sich und wartete. Und wartete. Emma lächelte mehrmals in ihre Richtung, wie um sich für Sues Verspätung zu entschuldigen, und Filippa versuchte genügend Mut zu fassen, um Emma ein Kompliment für ihre Bluse und das Tuch zu machen. Wenn sie sich nie traute, den ersten Schritt zu machen, würde sie nie neue Menschen kennenlernen, sagte sie sich.

Es kam dann nicht mehr zu dem Lob, weil sich plötzlich die Türen des Aufzugs neben dem Empfang öffneten und Susan Brewster mit einer Miene heraustrat, die unmissverständlich zu verstehen gab, dass dies hier nicht der Höhepunkt ihres Tages war.

»Schön, arbeiten wir wieder mal eins von den Mädchen ein, die nach ein paar Wochen wieder verschwinden«, sagte sie mit einem Seufzer zu Emma. Dann wandte sie sich Filippa zu. »Komm, ich zeig dir deinen Arbeitsplatz!«

Filippa und Sue fuhren in den zweiten Stock, wo die Interne Revision untergebracht war, und Filippa bekam ihren Schreibtisch zugeteilt. Dort ließ Sue sie ohne weitere Anweisungen sitzen. Der Schreibtisch stand genau bei der Eingangstür, sodass jeder, der hereinkam oder den Raum verließ, auf ihren Bildschirm schauen konnte. Manche stießen im Vorbeigehen auch gegen ihren Stuhl. Filippa versuchte freundlich zu lächeln und so unbeschwert wie möglich auszusehen, und irgendwann kam Sue mit einem Stapel Unterlagen zurück.

»Ich hoffe, du kommst nicht auf die Idee, die letzte halbe

Stunde als Arbeitszeit aufzuschreiben«, sagte sie. »Ich kenne euch Büroengel und weiß, wie ihr auf eure Arbeitsstunden kommt, aber glaub bloß nicht, dass ich auf solche Tricks reinfalle! Ich bin nämlich nicht von gestern und von vorgestern schon gar nicht. Damit du Bescheid weißt: *Ich* zeichne hier die Arbeitszeiten ab.«

Filippa schüttelte den Kopf, was heißen sollte, dass sie natürlich nicht glaubte, dass Sue auf irgendwelche Tricks hereinfiel. Dann legte Sue den Stapel Unterlagen auf ihrem Schreibtisch ab.

»Die POP3-Formulare hier gleichst du mit den App10-Kopien und der Dolphin-Datenbank ab. Wenn du irgendwelche Fehler entdeckst und siehst, dass Zahlen nicht übereinstimmen, rufst du Tim in der Buchhaltung an. Danach überträgst du alles in diese Formulare hier, aber nur wenn Tim dafür grünes Licht gibt. Oder Anne, falls Tim beschäftigt ist. Dann machst du wieder mit den App10-Kopien weiter und sorgst dafür...«

Obwohl es unglaublich kompliziert klang, kam sich Filippa schon nach wenigen Stunden wie eine ausgesprochene Expertin für POP3- und App10-Formulare vor und außerdem wie jemand, den man gerade verscheißerte. War es das, womit Erwachsene sich die ganze Zeit beschäftigten? Sie hatte immer gedacht, dass die auf wichtigen Positionen die kompliziertesten Sachen erledigten, weshalb sie auch allen Grund hatten, sich beim Abendessen über den vielen Stress zu beklagen. Aber das hier? Das hätte auch der gehirnamputierte Anders aus ihrer Mittelstufenklasse geschafft. Das Schwierige an dem, was Sue ihr aufgetragen hatte, waren nicht die Aufgaben selbst, sondern die Zeit, die sie irgendwie totschlagen musste. Jedes Mal wenn sie auf die Uhr ihres PCs schielte, waren seit dem letzten Mal nur Minuten vergangen. Sie hatte den Stapel Unterlagen in zwei Stunden so gut wie abgearbeitet und schlug eine langsamere Gangart ein, um Sue nicht bitten zu müssen, dass sie ihr neue Arbeit gab.

Später an ihrem ersten Arbeitstag bekam sie dann die folgende Mail an ihre vorübergehend eingerichtete Adresse:

Von: Empfang@ghmedia
An: Alle
Betreff: Verschwundenes DHL-Paket
Gestern um 15.30 hat jemand ein an Herrn Hartley adressiertes DHL-Paket (#H173 59 863) entgegengenommen und quittiert. Da seine Sekretärin das Paket noch nicht bekommen hat, wird die Kollegin oder der Kollege gebeten, es umgehend bei Jessica im siebten Stock abzugeben.
Vielen Dank im Voraus!
Emma am Empfang

Filippa antwortete fast umgehend:

Hallo Emma!
Da ich erst seit heute hier arbeite, war es leider nicht ich, die das Paket entgegengenommen hat, aber ich hoffe, dass die Sache bald in Ordnung kommt. Viel Glück!
Mit sehr freundlichen Grüßen
Filippa (die Neue von Bright Angels)

PS Deine Bluse und das Tuch dazu gefallen mir sehr!

Dem PS war eine kurze Phase des Zweifels und der Qual vorausgegangen. Was sie am Ende den nötigen Mut dazu hatte aufbringen lassen, war die Erinnerung, irgendwo gelesen zu haben, dass ein Kompliment der schnellste Weg zum Beginn einer Freundschaft sei.

Noch in der Sekunde, in der Filippa auf »Antworten« drückte, erstarrte sie von den Zehenspitzen bis zum Scheitel: Sie hatte statt auf »Antworten« auf »Allen Antworten« gedrückt. Sie hatte soeben die gesamte GH Media angemailt. Mehrere Hundert Personen, vielleicht sogar mehrere Tausend, möglicherweise eine Million Kolleginnen und Kollegen – falls die GH Media Niederlassungen in China und Indien hatte – würden lesen, was sie geschrieben hatte.

Filippa war so entsetzt und verlegen, dass sie nach Atem rang. Ihre Körpertemperatur wechselte von eiskalt nach brennend heiß und wieder zurück, und sie überlegte, ob sie wohl gleich in Ohnmacht fallen würde. *(Frau Karlsson, es tut uns aufrichtig leid, Ihnen mitteilen zu müssen, dass Ihre Tochter verstorben ist. An einer Mail. Ihr Körper stellte einfach den Betrieb ein. Etwas Vergleichbares haben wir noch nie gesehen.)*

Filippa starrte weiter auf den Bildschirm und versuchte auszusehen, als wäre nichts passiert, aber sie hörte schon, wie Andrew und Angela anfingen zu kichern und zu tuscheln.

Es dauerte nicht lange, bis die ersten Antworten kamen. Jede einzelne Mail war wie ein Messerstich.

Es begann, wie zu erwarten war:

Wollte nur mitteilen, dass du deine Mail nicht nur an Emma am Empfang, sondern die gesamte GH Media geschickt hast.

Danach kamen die Mails der Schlaumeier:

In der Tat, wenn du erst seit heute hier arbeitest, wäre es gestern ein bisschen kompliziert gewesen, ein Paket entgegenzunehmen.

Und die der Witzbolde:

Und mir gefallen dein Strümpfe und Ohrringe sehr!

Dann wurde es brutal:

Auch dir viel Glück an deinem ersten – und letzten – Tag bei der GH Media!

Aber am schlimmsten war die Mail von Sue:

Komm zu meinem Schreibtisch. Sofort.

Mit Beinen wie zu Matsch gekochte Spaghetti machte sich Filippa auf den Weg, im Rücken die brennenden Blicke der anderen. Sue selbst ließ sie eine geschlagene Minute neben ihrem Schreibtisch stehen, bevor sie die stechenden Augen auf sie richtete.

»Unglücklich, sehr unglücklich, für uns wie für dich. Wie kommt man auf die Idee, sich, nur weil man den ersten Tag hier ist, dermaßen aufzuspielen. Aber schön. Ich wollte dir nur sagen, dass ich sofort, als ich die Mail gesehen habe, bei den Bright Angels angerufen und gebeten habe, dass man mir jemand anders schickt«, sagte Sue und machte eine Pause, damit Filippa die Folter auch spürte. »Ein Mädchen, das für die

Stelle *qualifiziert* genug ist. Eins, dass keine kostbare Arbeitszeit vergeudet. Ein Mädchen, das noch etwas anderes im Kopf hat als Modekram und Dinge, für die jemand wie du weder hier ist noch bezahlt wird.« Noch eine Pause. »Leider scheinen alle anderen Engelchen beschäftigt zu sein, wir werden also bis auf Weiteres mit dir vorliebnehmen müssen.«

Filippa befand sich schon auf dem Rückweg zu ihrem Schreibtisch, als sie noch einmal Sues Stimme hörte.

»Denk dran: Wär's nach mir gegangen, wärst du gefeuert!«

»Danke«, sagte Filippa schwach und bezog ihren Posten bei der Tür.

Seit der Mailkatastrophe am Tag eins versuchte Filippa Kontakte zu Sue nach Möglichkeit zu vermeiden, und mit den anderen im Büro zu reden traute sie sich auch kaum.

Eine Kleinigkeit, die sie immer noch ein wenig verletzte, war, dass Emma vom Empfang ihr nie geantwortet hatte.

7

Es war ein Tag, an dem Filippa bis Viertel nach sechs wartete, bevor sie die GH Media verließ. Die zusätzlichen fünfzehn Minuten schrieb sie nicht auf und hoffte, der Drache Sue werde es registrieren, dass sie, ohne dafür bezahlt werden zu wollen, länger im Büro blieb.

Um sieben Uhr wollte sie sich mit ihren neuen Mitbewohnerinnen Bridget und Malin in Camden treffen, eine Verabredung, auf die sie sich schon den ganzen Tag gefreut hatte. Sie war immer noch so froh, ein eigenes Zimmer zu haben, dazu noch näher beim Zentrum und mit Mitbewohnerinnen, die weder mitten in der Nacht ohrenbetäubend laut Musik spielten noch auf das Aufreißen reicher junger Männer in Soho fixiert waren.

»Filippa! Hier sind wir!«, rief Bridget von einem kleinen Tisch im halb vollen Pub namens The Green Horse nicht weit von der Camden High Street.

Verglichen mit Soho war der Kleidungsstil hier locker, und Filippa sah gleich eine ganze Reihe von Jungs, die aussahen, als könnten sie in einer Band spielen. Was sie zweifellos auch signalisieren wollten.

»Hallo!«, sagte Filippa. »Wartest du schon lange?«

»Nein, ich bin gerade gekommen«, sagte Bridget. »Malin ist auf der Toilette.«

Von allen Menschen, die sie bisher in London getroffen hatte, mochte sie Bridget am meisten. Filippa zog ihre Jacke aus und setzte sich zu ihr. Im Hintergrund spielte ein Blur-Song aus den Neunzigerjahren.

»Ich hab mir auf dem Weg hierher neue Haare gekauft«, sagte Bridget.

»Wie bitte?«

Bridget holte eine Einkaufstüte unter dem Tisch hervor, in der eine Menge schwarze Zöpfe steckten.

»Wenn es noch wärmer wird, brauch ich dünnere«, sagte sie.

»Aber was ist mit deinen richtigen Haaren?«, fragte Filippa. »Was machst du mit *denen*?«

Bridget lachte laut und fasste mit der Hand in die Zöpfe auf ihrem Kopf.

»Die sind natürlich auch nicht echt«, sagt sie. »Sie sind an meinen richtigen Haaren festgeschweißt.«

Bridget lehnte sich über den Tisch, damit Filippa ihren Haarboden sehen konnte. Tatsächlich begannen die Zöpfe an verbrannt aussehenden Knäueln von Afrolocken dicht bei der Kopfhaut.

»Was macht ihr zwei Spinner da?«, fragte Malin, die zurückkam und sich zu den beiden setzte. »Laust ihr euch gegenseitig?«

»Filippa dachte, dass die Zöpfe meine richtigen Haare sind«, sagte Bridget.

»Klar. Dachte ich erst auch«, sagte Malin. Bridget zuliebe sprachen sie und Filippa Englisch. »Bis ich eines Abends ins Zimmer kam und die Hälfte ihrer Haarpracht neben ihr auf dem Bett liegen sah.«

Filippa sagte nichts. In Malins Gegenwart fühlte sie sich immer noch unsicher. Malin war alles, was Filippa nicht wahr: blond, schön, schmal und selbstsicher. Als wäre das nicht genug, studierte sie auch noch Mode und Design an der prestigeträchtigen Central Saint Martins und hatte in den Osterferien ein Praktikum bei Vivienne Westwood gemacht. Das Schlimmste, das absolut Schlimmste aber war, dass Malin ein richtig lieber Mensch zu sein schien, so lieb, dass Filippa bei dem Gedanken daran schon fast unbehaglich wurde. An Filippas erstem Abend in der neuen Wohnung hatte sie ein Willkommensessen gekocht und ihr ein großes fluffiges weißes Handtuch gegeben, als sich herausstellte, dass sie ihres in Archway vergessen hatte.

»Bridget, weißt du noch, dass ich nicht mal wusste, dass englischer Cider Alkohol enthält …«

Wenn Malin und Bridget über Malins erste Zeit in London sprachen, bekam Filippa unweigerlich das Gefühl, nicht dazuzugehören, ein Problem, das sie von der Grundschule bis ans Ende ihrer Gymnasialzeit verfolgt hatte: Sie wusste nie, was sie sagen sollte und ob sie überhaupt das Recht hatte, selbst etwas zu erzählen oder zu irgendetwas eine Meinung zu haben. Immer war es ihr vorgekommen, als sprächen ihre gleichaltrigen Klassenkameradinnen – all die coolen und gut aussehenden Mädchen – eine andere Sprache und wüssten immer genau das Richtige zu sagen. Filippa hätte sonst etwas für ein Buch gegeben, in dem man das lernte. *Wie man locker, witzig und sympathisch rüberkommt* – so was in der Richtung.

»Der Typ da starrt dich an«, sagte Bridget plötzlich.

»Wen, Filippa?«, fragte Malin. »Stimmt, sie hat recht. Da, guck doch mal hin!«

Filippa hatte Bridgets Kommentar erst gar nicht auf sich bezogen. Sie war selbstverständlich davon ausgegangen, dass er Malin galt. Die Hälfte der jungen Männer im Londoner Norden schien in sie verliebt zu sein, und jeden Tag kamen mindestens drei SMS von verschiedenen Verehrern.

»Er ist süß«, sagte Bridget. »Aber sei vorsichtig, er sieht mir wie ein typischer Camdenboy aus!«

Filippa schaute auf und hatte unerwartet Blickkontakt mit einem Jungen an der Bar. Sie senkte den Blick auf der Stelle. Es war sinnlos. Der Typ gehörte in die Kategorie übermenschlich überirdisch modelmäßig gut aussehend. Er war groß und schmal mit tiefschwarz gefärbten Haaren, die, was Filippa aber nur vermuten konnte, auf die derzeit angesagte Art geschnitten waren. Enge Jeans betonten seine schlanken Beine, und eine abgewetzte Lederjacke hing wie maßgeschneidert über seinem schwarzen T-Shirt. Aus den Lautsprechern ertönte gerade der Beginn des alten Stones-Hits *Sympathy for the Devil*.

Filippa schaute wieder auf, und wieder bohrte sich der Blick des Jungen in ihren. Sie wurde rot bis zum Hals.

»Nein«, sagte sie. »Der meint dich, Malin.«

Aber im Grunde wusste Filippa, dass sie gemeint war, und sie fragte sich im Stillen, ob sie je so etwas Tolles erlebt hatte.

»Aber hundertprozentig nicht«, sagte Malin. »Los, geh hin und red mit ihm!«

»Das kann ich nicht.«

»Du gehst einfach hin und bestellst was.«

»Ich will aber nicht.«

Nach einem Überredungsmarathon, der am Ende in blanke Nötigung überging, gelang es Bridget und Malin, Filippa an die Bar zu schicken. Sie sorgte allerdings dafür, dass zwei Leute zwischen ihr und dem Jungen standen, damit es nicht so offensichtlich war, dass sie nur wegen ihm kam. Trotzdem tauchte er schon nach wenigen Sekunden neben ihr auf.

»Hallo«, sagte er.

Aus der Nähe sah er sogar noch besser aus.

»Hallo.«

»Wie heißt du?«

»Filippa.«

Er streckte ihr die Hand entgegen.

»Hallo. Ich heiße Danny.«

»Hallo, Danny.«

Er schaute Filippa so intensiv in die Augen, dass ihre Wangen wieder glühten.

»Ja …« Filippa war klar, dass sie etwas sagen musste. »Was machst du so, Danny?«

»Jetzt gerade schau ich mir das hübscheste Mädchen an, das ich je gesehen habe.«

Filippa boxte ihn auf den Arm. Wenn sie noch röter wurde, hatte ihr Gesicht demnächst die dunkellila Farbe einer Aubergine. »Lügner!«

Danny lachte.

»Okay, war vielleicht ein bisschen dick aufgetragen.« Er hob die Hände zu einer Ich-ergebe-mich-Geste. »Wenn ich mich nicht gerade Hals über Kopf verliebe oder von einem Mädchen gehauen werde, bin ich Sänger in einer Band.«

»In einer Band? Und wie heißt ihr?«

»Suffering the Sunset. Erst neulich haben wir im Garage gespielt, warst du zufällig da?«

Filippa schüttelte den Kopf. Es war ihr peinlich, dass sie weder von der Band noch vom Garage je etwas gehört hatte.

»Dann vielleicht nächstes Mal?«, sagte Danny und lächelte sie an.

»Bestimmt« sagte Filippa und lächelte zurück.

Die darauffolgenden vier Stunden verflogen wie im Traum. Bridget und Malin wollten zum Abendessen nach Hause, und Filippa blieb mit Danny im Green Horse, bis der Pub schloss. Danny lachte, als Filippa von der Royal Drama School, Sir Ian McKellen, dem Drachen Sue und den Katastrophen mit dem Tee und der versehentlichen Rundmail erzählte. Danny seinerseits erzählte von den Problemen, die ihre Band mit dem drogenabhängigen Bassisten hatte, von seinem Vater, der an einem Gehirnschlag gestorben war, und von seiner Mutter, die nicht mehr das Haus verlassen wollte. Als Filippa fragte, was eigentlich genau der Unterschied zwischen einer normalen und einer Bassgitarre sei, hielt es Danny zum Glück für einen Scherz. Und irgendwann griff er nach Filippas Hand.

»Darf ich dir was Verrücktes gestehen?«

Seine Berührung war wie ein elektrischer Schlag, der ihr durch den ganzen Körper ging. Sie hoffte inständig, dass er sie nie wieder losließ, und spürte schon, wie ihre Hand mit seiner verschmolz.

»Sicher«, sagte sie.

»Versprichst du, nicht zu lachen?«

Sie versprach hoch und heilig, dass sie weder lachen noch ihn unterbrechen noch ihn verrückt nennen würde. Danny holte tief Luft, bevor er zu reden begann.

»Okay, ich weiß, es klingt bescheuert, aber ich hab die letzten drei Monate von dir geträumt.«

»Was? Du hast …?«

»Still! Du hast versprochen, mich nicht zu unterbrechen. Wie gesagt, ich weiß, es klingt bescheuert, aber ich hab in den letzten drei Monaten fast jede Nacht von einem Mädchen geträumt, das genauso ausgesehen hat wie du. Sie hatte die gleichen Haare, das gleiche Gesicht und genau deine schönen blauen Augen. Sie hatte die gleichen Sachen an wie du, und sogar ihre Stimme klang wie deine!«

Filippa saß ganz, ganz still, um nur ja kein Wort zu verpassen, und war viel zu geschmeichelt, um ihn darauf hinzuweisen, dass sie eigentlich grün-braune Augen hatte.

»Und was haben wir … in dem Traum gemacht?«, fragte sie mit bebender Stimme.

»Wir haben nur dagesessen und geredet. Genau wie jetzt. Du hast mir all die Fragen gestellt, von denen ich wollte, dass du sie mir stellst, und hinterher bin ich aufgewacht und war glücklich. Ich hab mich so geborgen gefühlt irgendwie. Und gleichzeitig hatte ich das Gefühl, ich bin auf dem besten Weg in die Psychiatrie. Ich hab sogar Stewie gefragt, meinen Bassisten, ob er mir heimlich Drogen verpasst hat, oder was. Und dann hab ich einen Song drüber geschrieben. Er heißt *Gibt's dich?* und ist wahrscheinlich der beste, den ich je geschrieben habe. Er hat nur leider nicht geholfen. Nichts hat geholfen.« Er drückte Filippas Hand ein bisschen fester. »*Das* war der Grund, warum ich nicht aufhören konnte, dich anzustarren«, sagte er. »Ich hab einfach meinen Augen nicht getraut. Und trotzdem war ich erleichtert, weil ich jetzt wusste, dass ich nicht verrückt bin. Dass es dich gibt! Deine Freundinnen haben dir wahrscheinlich gesagt, ich sei der typische eingebildete Musikertyp, der immer nur eins will, aber ich möchte, dass du weißt, dass das nicht stimmt. Du bist sozusagen buchstäblich das Mädchen meiner Träume.«

Nachdem man sie aus dem Pub hinausgeworfen hatte, gingen Filippa und Danny die Camden High Street hinauf. Danny hatte den Arm um Filippas Schultern gelegt und sie ihren um seine Taille unter der Lederjacke. Unter dem T-Shirt spürte sie seine Rippen, was kleine Freudenschauer in ihr auslöste. Es waren eindeutig die erotischsten Rippen, seit die Erde existierte. Die Luft war warm, und die breite Straße erstrahlte im Licht der Schaufenster und Laternen. Mehrmals mussten sie kurz anhalten, weil irgendjemand Hallo sagen wollte, und Filippa lernte sogar Stewie, den Bassisten mit dem Drogenproblem, kennen.

In einem kleinen Imbiss kauften sie sich Pizzastücke mit geschrumpelten, in einem Meer aus zähem Plastikkäse und Tomatenpampe schwimmenden Scheibchen Peperoniwurst. Obwohl sie kein Abendessen gehabt hatte, brachte Filippa in Dannys Gegenwart kaum etwas herunter. Schon nach wenigen Bissen behauptete sie deshalb, satt zu sein. Während Danny den Großteil auch ihres Pizzastücks aß, hoffte Filippa nur, dass ihr Atem nicht nach der Wurst roch. Und mindestens genauso sehr hoffte sie, dass das, was sie gerade fühlte, das war, was man bei der richtigen Liebe fühlen sollte: ein intensives glühend heißes Brennen, dass durch den ganzen Körper schoss und alle Farben, Gerüche, Geschmäcker und Berührungen tausendfach verstärkte.

Und plötzlich waren sie an dem Hochhaus angekommen, in dem Filippa wohnte. Es war kurz nach halb zwei.

»Hier wohne ich« sagte Filippa beinahe entschuldigend.

»Komm her!«, sagte Danny und zog sie an sich.

Sie küssten sich minutenlang, so lange, dass Filippa schon Angst um ihre gequetschten Lippen hatte.

»Vielleicht sehen wir uns morgen?«, fragte sie danach, um Atem ringend.

Danny ließ sie los und schaute sie mit einem gequälten Gesichtsausdruck an.

»Filippa, ich kann dich heute Nacht nicht gehen lassen«, sagte er. »Schon der Gedanke, nicht mit dir zusammen sein zu dürfen nach all den Monaten, bis ich dich endlich gefunden habe … Ich *kann's* nicht! Ruf von mir aus bei der Polizei an. Oder in der Psychiatrie. Es ist mir egal. So wie mir die Schlagzeilen morgen egal sind: ›Danny White, Sänger der Suffering the Sunset, verhaftet und zwangseingewiesen – alles nur wegen eines hartherzigen schwedischen Mädchens!‹«

Danny zog Filippa wieder an sich. Die Wärme seines Körpers, der Duft seines Deodorants und der Peperonipizza – das alles ließ ihre Knie immer weicher werden.

»Ein hartherziges schwedisches Mädchen, das zugleich das Wunderbarste ist, was ich je gesehen habe. Und dem ich die Antwort auf meinen Song verdanke: Es gibt dich. Es gibt dich wirklich.«

Filippa schaute in Dannys dunkle, flehende Augen.

»Komm, wir gehen rauf!«, sagte sie und nahm ihn an der Hand.

In dieser Nacht verlor Filippa ihre Unschuld an Danny White, den Sänger der Suffering the Sunset, für Filippa der am besten aussehende, erotischste junge Mann, der je auf der Erde gewandelt war.

Am nächsten Morgen, bevor Filippa zur Arbeit musste, stand auch Danny auf, und sie tranken in der Küche Tee. Danny scherzte, Filippa solle nur ja aufpassen, dass sie ihm nicht zu viel und nicht zu wenig Milch in den Tee gab. Und er sagte, er kenne ein paar toughe Typen in Brixton, denen es ein Vergnügen wäre, dem Drachen Sue gegen ein paar Guinness die Kniescheiben zu zertrümmern.

»Wenn wir ein paar Tüten Chips drauflegen, lassen sie sie auch auf Nimmerwiedersehen verschwinden«, sagte Danny.

Immer noch konnte sie in seiner Gegenwart nicht essen, weshalb sie ihm erzählte, sie frühstücke eigentlich nie. Er nahm eine Schüssel von Bridgets Bran Flakes, die er mit dem Rest der gemeinsamen Milch der Mädchen hinunterschlang.

Bevor sie sich an der U-Bahn-Station trennten, tauschten sie die Handynummern, und Danny nahm Filippas Gesicht in beide Hände.

»Ich werde in nächster Zeit viel mit der Band unterwegs sein, aber ich will dich wirklich, wirklich wiedersehen«, sagte er und küsste sie auf die Lippen. »Mein schwedisches Traummädchen.«

Auf der Rolltreppe abwärts fühlte sie sich so glücklich, dass sie schon glaubte, sie müsse heulen. Sie hatte einen coolen Boyfriend.

8

Filippa konnte das Axe-Dark-Temptation-Deodorant gerade noch in die Bluse stecken, bevor Malin es entdeckte. Auf dem Weg von der Arbeit nach Hause war sie bei Boots gewesen, hatte so lange an den Männerdeos gerochen, bis sie eins fand, dass sie an das von Danny erinnerte, und es gekauft.

Als Malin ins Zimmer kam, stand sie am Fenster und schaute, an dem Deo schnüffelnd, auf die umliegenden grauen Häuser und den ungesund sich darüber ausbreitenden Dunst. Unter ihr auf der Straße fuhr ein roter Kastenwagen, auf dessen Seite in gelben Buchstaben »Royal Mail« geschrieben stand. Sie hatte sich immer noch nicht daran gewöhnt, dass die Autos auf der falschen Seite fuhren.

»Filippa, Mr Burke ist hier«, sagte Malin.

Filippa spürte die Wärme in ihren Wangen, während sie blitzschnell das Deo verschwinden ließ.

»Sofort«, sagte sie. »Hab mich nur ein bisschen frisch gemacht.«

Malin verpasste ihr einen seltsamen Blick und verschwand. Filippa hatte Mr Burke, den Vermieter, vollkommen vergessen. Seit sie Danny begegnet war, kam ihr alles andere, selbst die Royal Drama School, ihr Hass auf den Drachen Sue und der Umstand, dass ihr Konto mehr oder weniger blank war, unwichtig vor. Sie nahm den Umschlag mit der Kaution und der ersten Monatsmiete – mit anderen Worten, genügend Geld, um ein kleineres afrikanisches Land aufzukaufen – und ging damit in die Küche.

Am Fenster stand eine der merkwürdigsten Personen, die sie je gesehen hatte. Mr Burke erwies sich als ein schon etwas älterer schwarzer Mann, der nicht größer als einen Meter sechzig sein konnte. Dennoch war nicht diese Größe das Merkwürdigste an ihm, sondern sein Aufzug. Obwohl es ein schwülwarmer Tag im Juli war, trug er eine gewaltige russische Pelzmütze und einen dicken grauen Wintermantel, der überdies so lang war, dass er den Boden berührte. Als hätte das noch nicht gereicht, trug er – es war nach acht Uhr abends – eine Sonnenbrille, die das halbe Gesicht bedeckte.

»Hello, Mr Burke«, sagte Filippa und streckte ihm die Hand entgegen.

»Tripper, nenn mich Tripper«, sagte Mr Burke.

»Tripper«, wiederholte Filippa, und sie schüttelten sich die Hände. Seine war trocken wie Pergament.

Filippa konnte nicht anders, sie musste den kleinen Mann mit der Sonnenbrille und der Pelzmütze anstarren, und er starrte nach schräg oben zurück.

»Woher kommst du?«, fragte er.

»Aus Schweden«, sagte Filippa. »Genau wie Malin.«

»Genau wie wer?«

»Malin. Die auch hier wohnt.«

Mr Burke ließ ein Brummen hören und starrte weiter.

»Du bist speziell«, sagte er schließlich träge.

»Äh, danke. Hier ist das Geld«, sagte Filippa. »Die erste Monatsmiete und die Kaution.«

Mr Burke öffnete den Umschlag und zählte nach. Als er

damit fertig war, zählte er das Geld noch einmal, dann knöpfte er den dicken Mantel auf und schob den Umschlag in die Innentasche. Filippa hatte inzwischen bemerkt, wie rissig seine Lippen waren, und fragte sich, ob es wohl gegen die Etikette verstieß, wenn eine Mieterin dem Vermieter ihren Labello anbot.

»Willkommen in London!«, sagte Mr Burke, der plötzlich viel besser gelaunt schien. Gleich darauf streckte er die Hand aus, als wollte er sich verabschieden.

»Sollten wir nicht einen Vertrag machen?«

Filippa war gerade noch eingefallen, dass Malin und Bridget ihr geraten hatten, ihn darum zu bitten. Jetzt fiel ihr auf, dass Malin die Tür zu ihrem Zimmer geschlossen hatte, die normalerweise immer offen stand.

»Einen Vertrag? Den brauchen wir nicht«, sagte Mr Burke und schüttelte den Kopf.

»Ich hätte schon lieber einen.«

»Den brauchen wir nicht«, wiederholte er.

»Doch«, sagte Filippa.

Mr Burke kam einen Schritt näher und zeigte mit dem Finger auf sie.

»*Du* weißt, dass du hier wohnst, und *ich* weiß, dass du hier wohnst, und außer uns beiden geht es niemand was an.«

Filippa spürte Trotz in sich aufsteigen. Außerdem konnte sie ihren Blick nicht von einem kleinen trockenen Hautfetzen wenden, der von Mr Burkes Unterlippe hing.

»Ich hätte wirklich gern einen Vertrag, falls ich zum Beispiel nachweisen muss, dass ich hier wohne oder so.«

Mr Burke stand regungslos und musterte Filippa durch seine gigantische Sonnenbrille. Dann knöpfte er mit einem Seufzer wieder den Mantel auf und zog ein Bündel zerfledderte Papiere heraus.

»Sind alle Schweizer so misstrauisch?«, fragte er, während er einen Stift aus der Tasche kramte. »Wie war wieder dein Name?«

»Filippa Karlsson.«

»Wie?«

»Filippa Karlsson«, sagte Filippa. »Möchten Sie meinen Pass sehen?«

Mr Burke winkte ab und war für eine Weile mit Schreiben beschäftigt. Danach reichte er Filippa den Stift und zwei knittrige Blätter. Sie unterschrieb beide und gab ihm eins davon zurück.

»Gibt's Post für mich?«, fragte er.

Filippa gab ihm den Stapel, den sie hinter dem Toaster für ihn zurückgelegt hatten.

»Und nicht vergessen: Nie aufmachen, wenn jemand klopft!«, sagte Mr Burke. »Falls ihr doch mal aufmacht und jemand nach mir fragt, sagt, dass ich einkaufen bin.«

»Und wenn jemand sagt, er möchte auf Sie warten?«

Mr Burke musterte Filippa wieder eine Weile. »Du bist anders«, sagte er. »Nicht wie die anderen beiden Spatzenhirne, die noch hier wohnen.«

Als Mr Burke die Wohnung verlassen hatte, schloss Filippa die Tür und atmete tief durch. Sie hatte noch darauf bestanden, dass sie die Handynummern tauschten, falls etwas Unvorhergesehenes passierte.

Erst in ihrem Zimmer fiel ihr ein, dass sie Mr Burke zwar einen Vertrag abgerungen, aber vergessen hatte, ihn um eine Quittung für die 1400 Pfund zu bitten, die sie ihm gerade gegeben hatte. Wie konnte sie nur so dämlich sein? Als sie sich darauf den Vertrag etwas genauer anschaute, sah sie, dass er so oft kopiert worden war, dass man von dem, was dort stand, kaum noch etwas lesen konnte. Mehrere Zeilen schienen außerdem mit Tippex entfernt worden zu sein.

Als sie sah, auf welchen Namen der Vertrag ausgestellt war, wusste sie nicht, ob sie lachen oder weinen sollte. In Großbuchstaben stand da:

FELIPE CALZONE

9

»Du hast Danny White von Suffering the Sunset angerufen. Bitte hinterlass eine Nachricht oder noch besser: Komm zu unserem nächsten Gig! Peace!«

»Piep!«

»Hallo, Danny, Filippa hier. Schon wieder. Dein schwedisches Traummädchen. Es gibt mich! Ich meine, es gibt mich wie in deinem Song. Dem Song, von dem du erzählt hast. Ich wollte nur hören, wie es dir geht und so. Ruf doch an, wenn du magst. Ich hoffe, es läuft mit dem Songschreiben. Tschüss!«

Sie schaute das Handy lange an, bevor sie es wieder weglegte.

Es war die dritte Nachricht, die Filippa in den vergangenen vier Tagen hinterlassen hatte. Danny hatte immer noch nichts von sich hören lassen. Das eine Mal, als sie ihn erreicht hatte, hatte sie ihn von ihrem Anschluss im Büro angerufen, als alle beim Lunch waren. Da hatte er ihr erzählt, er sei mit seiner Band auf einer Art heimlicher Tournee *out in the country*, er rufe sie später an, der Bus fahre gleich in einen Tunnel.

Sie wartete den ganzen Sonntag auf das Klingeln ihres Handys und starrte es immer wieder an, bis ihr die Augen wehtaten, aber Danny meldete sich nicht. Jetzt, am Abend, lag sie immer noch auf ihrem Bett. Inzwischen fixierte sie das Handy, als könnte sie es durch pure Willenskraft zum Klingeln bringen, und drückte dabei Dannys Deo an die Brust.

Filippa verspürte eine wachsende Unruhe, die sie zu ignorieren versuchte. Sie sagte sich, dass doch bestimmt keiner drei Monate lang von einem Mädchen träumte und sogar einen Song darüber schrieb, nur um es dann nach einer einzigen gemeinsamen Nacht sitzen zu lassen. Drei Monate! Sie musste einfach mehr Verständnis haben, das ging nicht anders, wenn man einen Freund hatte, der Sänger in einer Band war. Er hatte ihr schließlich gesagt, dass er in nächster Zeit viel mit der Band unterwegs sein würde. Und trotzdem verspürte sie diese Unruhe und einen nagenden Zweifel.

»Angela und ich wollen zu Pret, Sandwiches holen – kommst du mit?«

»Danke, heute nicht, ich hab mir was mitgebracht«, antwortete Filippa errötend. Es war das erste Mal, dass Andrew sie angesprochen hatte. Er war der einzige Mann in der Abteilung und pflegte die Kolleginnen montags mit seinen Abenteuern in den Schwulenkneipen zu unterhalten, die er am Wochenende frequentierte. Vor Kurzem hatte er einen Friseur aus Brighton getroffen, verheiratet mit drei Kindern, von dem er seitdem behauptete, dass er die Liebe seines Lebens sei. Bei der Arbeit waren er und Angela unzertrennlich, und manchmal scherzte er, wenn seine Mutter einmal sterbe, ziehe er in Angelas Putzkammer und sie blieben für immer zusammen.

Plötzlich ärgerte sich Filippa über sich selbst, dass sie nicht mit den beiden mitgegangen war.

»Wartet!«, rief sie und sprang auf.

Aber es war zu spät. Sie hörte nur noch das Pling! der sich schließenden Aufzugtüren draußen im Flur.

Sie setzte sich wieder. Andererseits war es gut, dass sie nicht mitgegangen war. Sie hätte doch nicht gewusst, was sie sagen sollte, außerdem konnte sie sich die teuren Sandwiches von Pret a Manger oder die kleinen Päckchen Chips, die sich die Engländer mittags immer kauften, nicht leisten. Daran, dass man jeden Tag Chips essen konnte, und sogar zum Lunch, hatte sie sich auch noch nicht gewöhnt.

Filippa holte ihr Brot mit Cheddar-Käse aus dem Rucksack und begann zu essen. Jetzt, wo sie die Einzige im Büro war, konnte sie dabei vielleicht ein bisschen im Netz surfen. Obwohl es streng verboten war, ging sie in Facebook. Danny hatte erzählt, dass man ihn dort nicht fand, aber sie hegte die kleine Hoffnung, dass er es sich inzwischen anders überlegt hatte. Danny hatte auch erzählt, dass er nur Vinyl kaufte, weil CDs die Musikbranche kaputt gemacht hätten und sowieso Musik nur auf Vinyl eine Tiefe habe, die in der Seele vibriere. Filippa würde auch nur noch Vinyl kaufen und dachte sogar an eine Art Facebook-Suizid, indem sie ihren Laptop samt Facebook von der Brücke in Archway ins Wasser schmiss. Als sie Danny nicht fand, loggte sie sich aus und ging in ihren Gmail-Account, um zu sehen, ob sie Nachricht von der Royal Drama School hatte. Nichts. Stattdessen fand sie eine Mail von Louise mit einer Einladung in die Embassy Bar in Islington, wo sie am kommenden Freitag ihren Geburtstag feiern wollte.

»Filippa! Bist du immer noch hier!«

Filippa stopfte sich den Rest ihres Käsebrots in den Mund und versuchte gleichzeitig, ihren Mail-Account zu schließen. Zu spät. Der Drache Sue hatte schon einen Blick auf den Bildschirm geworfen und rümpfte die Nase. So beiläufig wie möglich wischte Filippa ein paar Krümel vom Schreibtisch. Der Drache Sue neigte den Kopf zur Seite und setzte eine bekümmerte Miene auf.

»Du bist doch vorsichtig mit deinem Brot, Filippa? Wir möchten schließlich nicht, dass Mr Hartley seine Unterlagen mit Butter- und Käseflecken bekommt, nicht wahr?«

Filippa schüttelte den Kopf und versuchte den in ihrem Mund stetig größer werdenden Käsebrotkloß hinunterzuwürgen.

»Hat man bei Bright Angels vergessen zu erwähnen, dass wir es bei der GH Media vorziehen, wenn unsere Angestellten ihre Mahlzeiten außerhalb des Bürogebäudes einnehmen? Wir finden das … professioneller. In Schweden mag es zu kalt sein, um zum Lunch ins Freie zu gehen, aber wenn du hier bei uns drinnen bleiben willst, schlage ich vor, dass du auf der Toilette isst. Okay?«

»Okay«, sagte Filippa und versuchte ein Lächeln.

Der Drache Sue lächelte zurück, blies ein Wölkchen Rauch aus einem Nasenloch und ging, wahrscheinlich um draußen ein paar harmlose Passanten zu verschlingen.

Filippa beschloss, auf Louises Geburtstagsfeier zu gehen.

Am Freitag Punkt acht stand Filippa vor der Embassy Bar an der Essex Road in Islington. Nach ein paar sonnigen Tagen war der Juli wieder grau und schwül geworden. Die Luft war voll schwerer, müder Abgase, und Filippa hoffte, dass es bald Regen gab. Von außen war nicht zu erkennen, welche Art Lokal die Embassy Bar war. Filippa ging hinein und sah, dass sie klein und schummrig war, mit kleinen roten Lampen an den Wänden. Die Bartheke teilte den Raum in zwei Hälften. Das Lokal war nicht einmal halb voll, und Filippa konnte Louise nirgends entdecken. Panik stieg in ihr auf. Sie versuchte sich so locker wie möglich an die Theke zu stellen.

»Was möchtest du haben?«, fragte die blonde Barkeeperin.

Filippa beschloss, sich englisch zu geben.

»Ein Pint, bitte«, sagte sie.

»Ein Pint was?«

»Äh, das Übliche.«

Die Barkeeperin starrte sie an.

»Das, wovon die Leute normalerweise ein Pint bestellen, bitte.«

»Also Lager«, sagte die Barkeeperin.

Eine Minute später probierte Filippa das kalte Bier in dem großen Glas. Auch in London schmeckte Bier nur bitter, und Filippa spürte jetzt schon ihren Bauch zu einem Ballon anschwellen. Sie holte ihr Handy heraus und tat so, als verschickte sie eifrig SMS. In Wirklichkeit waren es ausschließlich SMS an sie selbst:

Von jetzt an kommst du immer drei Stunden zu spät – egal wohin.

Wenn Louise in einer Viertelstunde immer noch nicht da ist, gehe ich.

So geht's mir gerade: ☹

Aber wenn ich an Danny denke: ☺

Wann wird endlich die Royal Drama von sich hören lassen?

Kannst du mal googeln, warum London London heißt?

La, la, la, la, la – es macht mir gar nichts aus, hier allein herumzustehen.

Was bin ich doch mit diesen SMS beschäftigt.

Wenn Louise nicht in 10 Minuten …

45 Minuten später – Filippa war kurz davor, sich in einem Bierglas zu ertränken – tauchte Louise mit ein paar Freunden auf.

»Filippa, du bist ja schon hier!«, rief sie und fiel Filippa um den Hals. Sie stank nach einer Mischung aus Rauch, Alkohol und Parfüm.

»In deiner Mail stand acht«, sagte Filippa sauer und dennoch erleichtert, dass Louise endlich da war.

»Wer denkt denn, dass jemand so früh kommt«, sagte Louise.

»Alles Gute zum Geburtstag!«, sagte Filippa und gab Louise die Tüte mit dem Geschenk von Lush. Es waren drei große Badekugeln eingewickelt in weißes und rosa Papier.

»Danke«, sagte Louise und umarmte Filippa gleich noch einmal. Ihr Blick war ungewohnt glasig und leer.

»Kann ich dich zu was einladen?«, fragte Filippa.

»Jaaa! Jägermeister!«

Filippa drehte sich zur Theke um und bestellte zwei Jägermeister. Inzwischen waren mehr Leute da, und am Tresen wurde es eng. Es war sogar ein DJ aufgetaucht, der Musik spielte, irgendetwas Modernes zwischen Pop und Jazz.

»Kann ich dir einen ausgeben?«, fragte ein Typ neben ihr mit nicht mehr ganz deutlicher Aussprache. Er trug ein Sakko mit aufgeknöpftem Hemd und schief hängender Krawatte.

Seine mittelblonden Haare waren schräg nach oben gekämmt, und die Farbe in seinem Gesicht sah nach Solariumbräune aus.

»Danke«, sagte Filippa und versuchte die Barkeeperin auf sich aufmerksam zu machen.

»Komm schon!«, sagte der Typ, der nach Geschäftsmann aussah, und haute ihr auf den Rücken. »Sei nicht langweilig, lass mich dir einen ausgeben! Was möchtest du?«

Seine Hand hinterließ eine feuchte Stelle auf Filippas Rücken. Sie ignorierte ihn und konnte endlich bestellen. Mit zwei winzigen Schnapsgläsern wandte sie sich wieder Louise zu.

»Wollte er dich aufreißen?«

»Er ist hackedicht«, sagte Filippa. »Und er schwitzt.«

»Weißt du, wie du die Typen am besten abwimmelst? – Skål!«

Filippa schüttelte den Kopf, prostete zurück und probierte. Jedenfalls bekamen ihr Magentropfen besser als kohlensäurehaltige Hefe.

»Sag ihnen, sie dürfen dich Esmeralda nennen«, sagte Louise, deren Gesicht jetzt wieder den gewitzten Ausdruck hatte, den sie an ihr kannte.

»Wie?«

»Es-me-ral-da«. Louise sah Filippa an, als wäre sie der komplette Idiot. »Wie Esmeralda aus dem *Glöckner von Notre-Dame*. Ich Esmeralda, du Quasimodo mit dem Buckel, kapiert? – Skål!«

Filippa und Louise prosteten einander zu und leerten die Gläser. Immer mehr Freunde von Louise kamen, und Filippa redete eine Weile mit einem Mädchen, das mit Louise arbeitete. Auch Louises Knutschfreund Adam vom Abend in Soho tauchte auf, aber zum Glück nicht der Südafrikaner Marcus. Filippa spürte, wie ihr am ganzen Körper warm wurde. Die dunkle Beleuchtung, aber insbesondere die roten Lampen verliehen der

Embassy Bar eine dekadente, irgendwie sexy Atmosphäre. An der Bar standen auch gut aussehende Typen, die Musik war in Ordnung, Filippa hatte fast das Gefühl, hier zu Hause zu sein. Hätte noch Danny neben ihr gestanden, wäre alles perfekt gewesen. Sie trank noch zwei Jägermeister und spürte, dass ihr Gesicht allmählich einem Smiley ähneln musste. Dann drängelte sich Louise mit einem kleinen dunkelhaarigen Typ im Schlepptau zu ihr durch. Er hatte ein Glas Bier in der Hand.

»Filippa! Filippa! Das hier ist …« Die Musik war zu laut, als dass Filippa den Namen hätte verstehen können. »Er ist aus Norwegen.«

O nein! Wenn es etwas Schlimmeres gab, als so zu tun, als hätte man dringende SMS zu schreiben oder Bier zu trinken, das einem nicht bekam, dann war es, mit jemandem zusammengebracht zu werden, nur weil man zufällig aus der gleichen geografischen Ecke kam. Es war, als wäre man wieder acht und müsste mit jemandem spielen, nur weil er im selben Alter war oder mit einem verwandt oder im selben Haus wohnte. Glaubte Louise wirklich, sie könnten sich gut unterhalten, nur weil sie beide aus Skandinavien kamen? (*»Bei uns kann es im Winter ganz schön kalt werden.« – »Bei uns auch.« – »Und wie findest du Finnland und die Finnen so?« – »Sie sind schon ein bisschen komisch, oder?«*) Und das ausgerechnet ihr, die es so schwer fand, Norwegisch zu verstehen, obwohl die meisten anderen Schweden so taten, als wäre es kein Problem.

»Hallo«, sagte der Norweger fröhlich.

»Hallo«, sagte Filippa.

»Du kommst also aus Schweden?«

Dass er sie das fragte, riet Filippa auf gut Glück. Er sprach natürlich norwegisch, und sie verstand kein Wort.

»Ja«, sagte sie und nickte.

Um sie herum drängelten sich immer mehr Leute, und die Musik war härter und lauter geworden.

»Woher kommst du genau?«, fragte Filippa, als sie sah, wie erwartungsvoll Louise sie anschaute.

»Drammen, das liegt ein Stück außerhalb von Oslo.«

Na also, diesmal hatte sie fast alles verstanden.

»Und wie lange bist du schon in London?«

Wenn Sie ihn recht verstand, waren es zweihundert Monate. Konnte das sein? Rechneten die Norweger so? Zuzutrauen war es ihnen. Der Norweger hob sein Bierglas, lächelte und stellte seinerseits eine Frage. Die Filippa nicht verstand. Oder doch. Ganz zum Schluss, das Letzte, musste »Und du?« geheißen haben.

Filippa schluckte, dann sagte sie: »Ja«, nickte bedächtig und hoffte, dass die Antwort nicht komplett daneben war.

In seiner nächsten Frage kam Louise vor.

»Wir haben mal das Zimmer geteilt«, sagte Filippa und spürte plötzlich ein Verlangen nach mehr Alkohol.

Der Norweger war eigentlich süß. Er hätte nur ein bisschen größer sein können, und Filippa verstand ihn wirklich nicht. Ob sie ihn bitten konnte, englisch mit ihr zu sprechen?

»Ich hol mir schnell was zu trinken«, murmelte Filippa immer noch auf Schwedisch.

»Stückweise«, sagte der Norweger. Oder irgendetwas in der Richtung.

Filippa zwängte sich durch gefühlte Millionen Menschen, die inzwischen in der Embassy Bar eingelaufen waren, und fand eine winzige Lücke an der Theke. Neben ihr stand ein hübsches Mädchen und bestellte Whisky mit Ginger Ale, und sie beschloss, dasselbe zu nehmen. Nachdem sie einen Schluck von ihrem neuen Drink genommen hatte, ging sie wieder zu Louises Truppe zurück, passte aber auf, nicht in die Nähe des Norwegers zu geraten. Es war jetzt so voll, dass man sich kaum noch bewegen konnte. Und plötzlich war der schwitzende Geschäftsmann wieder da.

»Na, so was!«, sagte er. »Dir wollte ich doch einen ausgeben.«

»Danke, hab schon«, sagte Filippa und nahm einen demonstrativ großen Schluck.

Zu diesem Zeitpunkt waren ihre Muskeln entspannt, und ihr Rückgrat fühlte sich ein bisschen an, als schwankte es wie ein Schilfhalm im Wind. Kein schlechter Zustand, nur schade, dass ihr Gehirn sich allmählich wie in Watte gepackt anfühlte. Die Musik dröhnte.

»Wie heißt du?«, fragte der Geschäftsmann.

»Esmeralda«, sagte Filippa und versuchte einen Blick, der ihn sich dumm und bucklig fühlen lassen sollte, damit er sie in Ruhe ließ.

»Wie?«

»ESMERALDA«, wiederholte Filippa.

Er schwieg ein paar Sekunden, dann rückte er wieder viel zu nah an sie heran.

»Toller Name!«

»Esmeralda«, sagte Filippa zum dritten Mal. »Ich heiße Esmeralda.«

»Das sagtest du schon«, sagte der Geschäftsmann. »Es ist spanisch, oder?«

Die Musik erschien ihr immer lauter, und obwohl in sämtlichen Bars und Pubs Londons striktes Rauchverbot herrschte, hatte sie den Eindruck, der Raum sei vollkommen verqualmt.

»Französisch«, sagte Filippa. »Wie im *Glöckner von Notre-Dame*. Die schöne Frau, die nichts mit dem Buckligen zu tun haben will.«

»Cool«, sagte der Geschäftsmann. »Was nimmst du?«

Filippa gab es auf.

»Whisky mit Ginger Ale.«

Zehn Minuten später war er mit zwei Gläsern Rotwein zurück, und die Musik wurde noch lauter.

10

Filippa erwachte mit einem Kopf, aus dem sich fleißig kleine Hämmer einen Weg ins Freie zu klopfen versuchten.

Sie lag mehrere Minuten regungslos, in der Hoffnung, so würden die Hämmer innehalten, doch sie verwandelten sich nur in einen stetig wabernden Klumpen Blei. Wo sonst ihr Hirn war, quietschte ein Hamsterrad. Mit Ekel stellte Filippa fest, dass das Innere ihres Mundes sich pelzig anfühlte und ihre Augen trocken waren und schmerzten. Sie schloss sie und versuchte noch einmal einzuschlafen, aber vergebens, ihr Körper verwehrte ihr die Flucht zurück ins Reich des Schlafes. Ganz langsam rollte sie sich erst zur Seite und setzte sich dann auf.

Auf dem Fußboden neben dem Bett lagen ihre Schuhe, ihre Jeans und ihr Pulli, der von unappetitlichen gelblichen Flecken übersät war. Sie erhob sich von der Bettkante und stöhnte, weil der Klumpen Blei in ihrem Kopf dabei in heftige Schwingungen geriet. Sie schien keinen Gleichgewichtssinn mehr zu besitzen, und sie steckte im Körper einer achtzigjährigen Greisin mit Knochenschwund. Vorsichtig bewegte sie sich zum Fenster und zog die Gardinen zur Seite, dann nahm sie das Handtuch, das über ihre Reisetasche gebreitet lag, und ging duschen und Haare waschen. Im Badezimmerspiegel sah sie ein Wesen mit fleckiger Haut, grauen Lippen und toten Augen.

Während sie wartete, dass der jämmerliche kalte Wasserstrahl aus der Dusche zu einem jämmerlich lauwarmen wurde, versuchte sie sich zu erinnern, was am Vorabend geschehen war. In ihrer letzten deutlichen Erinnerung sah sie den Geschäftsmann mit zwei Gläsern Rotwein kommen. Der Rest zerfloss in unscharfen, unschönen Bildern: verschiedene Gläser auf einem schwarzen runden Tisch; sie selbst, als sie auf der Toilette die Jeans wieder hochziehen und zuknöpfen wollte und nicht konnte; das Mädchen vor dem Toilettenspiegel, mit dem sie sich ewige Freundschaft schwor; dann wieder die Bartheke, wo sie sich nach und nach das komplette Sortiment eines Systembolaget bestellt hatte; sie und Louise oder der Geschäftsmann (oder beide?) in einem die ganze Nacht geöffneten Laden an der Upper Street, wo alle sich Döner gekauft hatten und die halb gegessene Portion irgendeines Deppen auf ihrem Pulli gelandet war; danach der schaukelnde Bus, in dem sie in Panik geraten war, weil er ohne Fahrer fuhr, bis das Mädchen auf dem Sitz dahinter ihr erklärte, dass sie sich im Oberdeck befanden. Sie sah sich bei dem Versuch (oder den Versuchen?), Danny anzurufen, sah sich endlos lange die Kentish Town Road entlangwanken, nachdem sie die richtige Haltestelle verpasst hatte, und sah sich endlich zu Hause in Kentish Town, mit dem Kopf über der rostfleckigen Toilettenschüssel. Sie hatte wieder den Geschmack von Rotwein, Zwiebeln, Ingwer und Magensäure im Mund und erinnerte sich vage, wie wütend sie auf ihr Zimmer war, das sich in ein schwankendes Boot auf einem stürmischen Meer verwandelt hatte.

Frisch geduscht und in sauberen Klamotten stakste sie nach dem Duschen in die Küche und trank ein großes Glas kaltes Wasser. Noch in der Sekunde, in der sie es leer getrunken hatte, rannte sie in die kleine Toilette, um sich zu übergeben. Das Würgen begann unten in den Zehen und fühlte sich an, als wringe sich ihr Magen in spasmischen Krämpfen selber aus. Filippa sank zu Boden, schloss den Toilettendeckel und schmiegte den Kopf an die Knie. Kleine kalte Schweißtropfen bedeckten ihre Stirn, und ihr Körper zitterte wie während eines Fieberschubs. Die Embassy Bar, Louise, der Geschäftsmann, der Norweger, jemand mit Namen Esmeralda, Adam, Louises Freunde, ein Dönerverkäufer mit einem großen Schnurrbart – alle drehten sich auf einem Karussell in ihrem Kopf. Hatte sie wirklich Danny angerufen? Filippa stöhnte, als ihr einfiel, dass sie den Norweger immer wieder Haakon genannt hatte.

Als Filippa in der Küche saß und in ihr mit Mühe zubereitetes Müsli starrte, kam Bridget. Sie hatte bei ihrem Freund übernachtet.

»Oh, muss ja ein cooler Abend gewesen sein«, sagte sie. »Did you pull?«

Es war offensichtlich die Standardfrage der Engländer nach einem Ausgehabend. »Pull« konnte beides bedeuten: dass man jemanden abgeschleppt hatte oder selbst abgeschleppt worden war. Die sich anschließende Frage war normalerweise »Did you snog?« (»Habt ihr rumgemacht?«) oder »Did you shag?« (Habt ihr's getrieben?).

»Nein«, murmelte Filippa, die endlich genug Kräfte gesammelt hatte, um den Löffel zu heben. »Oder vielleicht doch. Ich kann mich nicht an alles erinnern.«

»Wo wart ihr?«

Bridget gab einen Löffel Instantkaffee in eine Tasse und zwei Löffel Zucker dazu. Filippa hatte inzwischen weitere Fortschritte gemacht: Ihr Löffel lag jetzt in der Schüssel. Sie hatte nicht gewusst, wie viel Konzentration ein ganz normales Frühstück erforderte.

»In der Embassy Bar in Islington«, sagte sie und bemerkte zu ihrem Entsetzen, dass sie immer noch ein bisschen undeutlich redete. »Und du? Was hast du gestern Abend gemacht?«

»Dougal und ich waren nach der Arbeit im British Film Institute und haben uns einen iranischen Film angeschaut«, sagte Bridget und goss sprudelnd heißes Wasser in ihre Tasse, während sie von dem Film zu erzählen begann.

Sich einen drei Stunden langen Film über einen alten Mann und sein Fahrrad anzuschauen klang eindeutig besser, als sich in der Embassy Bar volllaufen zu lassen. Was das Frühstück betraf, gab Filippa auf. Der süßliche Geruch der Milch, die Getreideflocken, die jetzt wie schwimmende Stückchen Pappe aussahen – sie konnte nicht. Sie goss alles in die Toilette und ging auf wackeligen Beinen hinunter zum Eckladen, um sich salzige Cracker, Käse, Chips, eine Tüte Malteser-Schokokugeln und eine große Flasche Johannisbeersaft zu kaufen.

Da auch Bridget an diesem Samstag zu Hause bleiben und ausspannen wollte, pflanzten sie sich zusammen auf Malins Bett und schauten fern. Malin war wegen einer Hochzeit in Schweden und hätte nichts dagegen gehabt, dass sie sich ihr Zimmer ausliehen. Außerdem war sie die Einzige, die einen Fernseher hatte. Wie im Traum öffnete Filippa die dreieckig verpackten Schmelzkäse, strich den Käse auf Cracker und schob die Happen einen nach dem anderen in den Mund. Während sie eine Folge *Party of Five* anschauten, erzählte Bridget von ihren fünf Schwestern und wie sie der jüngsten immer gedroht hätten, sie in den Ofen zu stecken, wenn sie nicht aufhörte zu weinen. Filippa fragte Bridget nach ihrem Freund

Dougal, dem sie schon zweimal begegnet war. Bridget schien ihn längst nicht so oft zu treffen, wie Filippa, wäre es nach ihr gegangen, Danny White getroffen hätte.

»Solltest du an einem Samstag nicht mit Dougal zusammen sein?«, fragte sie.

»Heute spielt Arsenal«, sagte Bridget. »Außerdem hab ich gemerkt, dass es für eine Beziehung besser ist, wenn man sich nicht dauernd sieht.«

»Dougal macht einen unheimlich netten Eindruck«, sagte Filippa.

Bridget dachte eine Weile nach.

»Er ist eigentlich mehr verliebt in mich als ich in ihn«, sagte sie dann. »Gestern zum Beispiel hab ich ihn mitten in der Nacht um ein Glas Wasser gebeten, und er hat es mir gebracht.«

»Mitten in der Nacht?«

Bridget nickte.

»Mitten in der Nacht. Und es gab keinen anderen Grund aufzustehen. Er hat's nur gemacht, um mir Wasser zu holen.«

Filippa sagte nichts, denn was Bridget da erzählte, war das Romantischste, was sie je gehört hatte. Sie hoffte mit jeder Faser, dass sie eines Tages auch einen Jungen treffen würde, der ihr mitten in der Nacht ein Glas Wasser holen ging.

»Würdest du ihm auch ein Glas Wasser holen gehen, wenn er dich drum bitten würde?«, fragte Filippa nach einer Weile.

»Machst du Witze?«, sagte Bridget. »Wenn er Durst hat, soll er sich selber was holen.«

Um fünf Uhr nachmittags klingelte es plötzlich an der Tür. Filippa war kurz davor gewesen, auf Malins Bett einzunicken. Bridget lag neben ihr und las in einem Regenbogenblatt. Im Fernsehen lief eine alte Folge *Friends* ohne Ton.

»O nein!«, sagte Bridget, »Das ist Mr Burke, er will die Miete kassieren. Kannst du sie ihm bitte geben?«

»Nein, mach's bitte du«, murmelte Filippa und versuchte, tiefer unter den Überwurf zu kriechen.

Es klingelte wieder.

»Schere, Stein, Papier – schnell, bevor er mit seinen eigenen Schlüsseln aufschließt!«

»Okay.« Filippa streckte die rechte Hand aus. »Eins … zwei … drei!«

Sie hatte ganz vergessen, wie man eine Schere machte und spreizte bei »drei« sämtliche Finger. Bridgets Hand bildete eine geschlossene Faust.

»Okay, ich weiß nicht, ob das die schwedische Variante ist, aber es sieht wie eine Schere aus, also darfst du«, sagte Bridget.

Es klingelte zum dritten Mal.

»Okay«, sagte Filippa und kroch aus der Wärme.

»Denk dran, dass wir von jetzt an immer eine Quittung haben wollen!«, sagte Bridget, als Filippa die Tür zu Malins Zimmer hinter sich schloss.

Sie öffnete die Wohnungstür und sah Mr Burke. Wie beim letzten Mal trug er die russische Pelzmütze, seine Sonnenbrille und den großen grauen Wintermantel. Doch diesmal war er nicht allein. Neben ihm stand eine riesengroße Frau mit langen, schwarz gefärbten trockenen Haaren, olivfarbener Haut, drei verschiedenen Schals und einem beigen geblümten Kleid, das ihr bis zu den Waden reichte. Ihr Alter war schwer zu erraten, aber sie hatte schon jede Menge Falten um die Augen und zwischen den Brauen. Einzelne dunkle Haare schmückten ihre Oberlippe, und Filippa schlug der Geruch von kaltem Rauch entgegen.

»Na endlich«, sagte Mr Burke.

»Entschuldigung!«, sagte Filippa, die sich immer noch nicht vom Anblick der Amazone erholt hatte. »Ich hatte mich hingelegt und bin eingeschlafen. Kommen Sie herein!«

Das Trio begab sich in die Küche.

»Geschlafen?«, fragte Mr Burke. »Warst du gestern aus?«

Filippa nickte und überreichte ihm den Umschlag mit der Miete. Mr Burke nahm ihn entgegen und zählte das Geld auf der Spüle.

»Ich hab in sämtlichen Clubs in Camden Hausverbot«, sagte er. »Das hier ist meine Freundin.«

»Hallo, Filippa!«, sagte Filippa und gab der Amazone die Hand.

»Hallo!«, sagte die Amazone mit rauer tiefer Stimme. Ihre Hand war riesig, aber ihr Händedruck schwach.

»Sie ist Roma«, sagte Mr Burke, bevor er das Geld ein zweites Mal zu zählen begann.

»Oh«, war das Einzige, was Filippa dazu einfiel. »Ich bin Schwedin.«

Die Amazone fixierte Filippa mit durchdringendem Blick.

»Tripper«, trompetete sie, ohne Filippa aus den Augen zu lassen. »Hast du nicht Schweizerin gesagt?«

»Das passiert vielen«, sagte Filippa mit schwacher Stimme. »Mr Burke, wäre es möglich, dass Sie uns eine Quittung schreiben? Es ist so, dass … Malin drum gebeten hat.«

Die Amazone fixierte Filippa immer noch, als wüsste sie nicht nur, dass das gerade eine Lüge gewesen war, sondern als sähe sie bis tief in Filippas Inneres und dort all deren Sünden. Auch die vergangenen. Filippa schwor sich auf der Stelle, nie wieder Büromaterial der GH Media zu stibitzen.

»Tripper«, donnerte die Amazone. »Sie will eine Quittung.«

Mr Burke schien es nicht zu hören.

»Eine Quittung«, wiederholte die Amazone.

»Malin hat drum gebeten«, wiederholte Filippa.

Wenn die Amazone jemanden wegen der Quittung mit einem bösen Fluch belegte, würde es Malin am wenigsten ausmachen. Sie sah toll aus und hatte schon jede Menge Boyfriends gehabt. Filippa hatte noch nicht mal Big Ben gesehen.

»Eine Quittung?«, brummte Mr Burke. »Okay. Hast du ein Blatt Papier?«

Filippa rannte in ihr Zimmer und riss ein Blatt aus ihrem Collegeblock. In seiner krakeligen Handschrift bestätigte Mr Burke, dass er das Geld bekommen habe, dann unterschrieb er mit Datum und gab Filippa das Blatt zurück.

»Danke«, sagte Filippa. »Ich geb's Malin gleich, wenn sie zurückkommt.«

Die steilen Falten zwischen den Brauen der Amazone wurden tiefer.

»Dann«, sagte Mr Burke und verschwand aus der Tür.

Die Amazone streckte ihre riesige Hand aus, um sich zu verabschieden, dann verschwand auch sie.

Am Abend bestellten sie sich jede eine Pizza, die sie aßen, während sie eine Unterhaltungssendung schauten, in der beleibte Engländer zum Beispiel die Lieblingsfarbe und die Lieblingsschokolade ihrer platinblonden Gattinnen erraten sollten. Mr Burke und die Amazone kamen Filippa inzwischen wie etwas vor, das sie nur halluziniert hatte, und sie war dankbar, dass sie endlich die Augen schließen und schlafen konnte.

11

Am Tag darauf fragte Bridget Filippa, ob sie mit ihr shoppen gehen wolle. Da ihnen der Portobello Market zu weit weg erschien und die Brick Lane zu anstrengend, beschlossen sie, sich nur auf dem Markt und in den Geschäften von Camden umzuschauen. Danach wollten sie vielleicht noch irgendwo etwas essen. Während Bridget in einer kleinen Schuhboutique ein Paar dunkelblaue Sneakers anprobierte, stand Filippa daneben und befingerte ein Paar superhohe schreiend rosa Plateauschuhe aus Kunststoff. Ein Traum, den sie letzte Nacht gehabt hatte, ließ sie nicht mehr los.

In dem Traum hatte sie eine Tante gefragt, ob sie die Abkürzung durch ihren Garten nehmen könne, und obwohl die Tante Nein gesagt hatte, war sie gegangen, und einer der Söhne der Tante war ihr nachgekommen. Später, an einer Bartheke, hatte Filippa die großen Hände des Sohnes bemerkt. Er hatte sich an sie gelehnt und mit einem original Upper-Class-Akzent gesagt: »*I want to make you a decent meal, and then I want to make love to you, passionately.*« Es war dieser Satz, der Filippa nicht mehr aus dem Sinn ging, die Vorstellung, einen Mann zu treffen, der sie auch im wirklichen Leben auf die eine wie die andere Art beglücken wollte. Ihr wurde jedes Mal ganz warm, wenn sie daran dachte, dass er mit ihr nicht nur einfach Liebe machen wollte, sondern auch noch leidenschaftlich.

»Wie findest du sie?«, fragte Bridget und bewegte die Füße vor dem kleinen Spiegel, der vor ihr auf dem Boden stand.

»Toll. Die solltest du kaufen«, sagte Filippa, obwohl sie eigentlich keine Meinung dazu hatte.

Sie fragte sich, ob sie Bridget von ihrem Traum erzählen sollte, aber sie wusste aus eigener Erfahrung, dass es wenig gab, was noch langweiliger war, als sich anderer Leute Träume anzuhören. Urlaubsgeschichten vielleicht, zu denen man sich auch noch Reisebilder anschauen musste.

»Nein, die sind mir doch zu teuer«, sagte Bridget und gab die Schuhe der gepiercten Verkäuferin zurück.

Als Filippa und Bridget wieder aus der Boutique herauskamen, hatte die Sonne das kurze Gastspiel, das sie zuvor gegeben hatte, schon wieder beendet. Es schien, als sollte Filippa einen typischen kalten englischen Sommer erleben. Dennoch waren die Straßen voller blasser pummeliger Körper in zu engen Shorts, dünnen T-Shirts und Flipflops, in denen die Füße nach und nach eine wärmende Kruste von Straßenschmutz aufsammelten. Genau neben der Boutique lag ein Tätowierungsstudio, vor dem die Mädchen stehen blieben, um sich die Fotos Hunderter von Tattoos im Schaufenster anzuschauen. Interessiert studierte Filippa eines der Fotos genauer.

»Sieh dir das an, Bridget«, sagte sie. »Einer hat sich ein Stück Brokkoli auf die Wade tätowieren lassen.«

»Filippa, da!«, sagte Bridget und packte sie am Arm.

Filippa drehte sich um und sah, was Bridget meinte. Ihr blieb fast das Herz stehen. Danny White! *Ihr* Danny White! Nein, sie war für diese Begegnung nicht bereit! Weder physisch noch mental. Sie war nicht richtig geschminkt, und es ging viel zu schnell, es war unfair, ausgerechnet jetzt der Liebe seines

Lebens zu begegnen, nachdem man eben noch ein seltsames Gemüse auf dem beharrten Bein eines Mannes betrachtet hatte. Aber sie konnte ihn auch nicht einfach wieder verschwinden lassen! Jetzt ging er an ihnen vorbei, ganz nah.

»Danny, ich bin's!«

Er blieb stehen und sah Filippa an, die ihre dämliche Begrüßung schon bereute. Dass sie es war, war ja wohl offensichtlich. (*»Danny, ich bin's nicht!«*)

»Hey you«, sagte Danny zögerlich und lächelte. Dann nahm er einen Schluck aus der Bierdose, die er in der Hand hielt.

Aus der Nähe sah Filippa, dass Danny nicht ganz so göttlich aussah, wie sie ihn in Erinnerung hatte. Die Haare waren ungepflegt, er hatte dunkle Ringe unter den Augen, und seine rechte Wange zierte etwas, was wie ein Pickel aussah. Und dennoch wurde ihr schwindlig, so nah an seiner großen, schlaksigen Gestalt und der Aura aus Rock'n'Roll, Zigarettenrauch und Dekadenz, die ihn umgab.

»Wie geht's dir?«, fragte Filippa. »Schön, dich wiederzusehen!«

»Dich auch, Liebes«, sagte Danny, beugte sich vor und gab ihr einen langen Zungenkuss.

Eine Mischung aus Todespein, weil sie vor Bridgets Augen zungengeküsst wurde, und der hysterischen Freude, wieder mit Danny zusammen zu sein, auch wenn sein Mund und seine Zunge hauptsächlich nach alten Zigaretten schmeckten, überwältigte Filippa. Nach einer Weile ließ er sie los, strich ihr aber weiter übers Haar.

»Du bist so toll. Du bist so toll«, murmelte er.

»Aber wie geht's *dir*? Wie war eure Tournee? Hast du neue Songs geschrieben?«, fragte Filippa, die sich immer noch nicht von dem Kuss erholt hatte. Sie sah, dass Bridget weitergegangen war und ein Stück weiter die Straße hinunter in das Schaufenster einer anderen Schuhboutique schaute.

Danny nahm noch einen Schluck aus der Bierdose und schaute in die Ferne, als lägen die Antworten auf ihre Fragen irgendwo im Londoner Nordwesten.

»Danny, ist alles in Ordnung?«, fragte Filippa.

Danny leerte die Bierdose, quetschte sie zusammen und schmiss sie zum Entsetzen zweier japanischer Touristen auf den Bürgersteig. Dann wandte er sich wieder Filippa zu und schaute sie lange an. Er nahm ihr Gesicht in die Hände und schaute ihr noch intensiver in die Augen.

»Mein Kopf ist gerade an einem schlechten Ort«, sagte er.

Filippa sagte nichts.

»Mein Kopf ist gerade an einem schlechten Ort«, wiederholte Danny. »Verstehst du?«

Filippa nickte, obwohl sie natürlich nichts verstand. Mit dem schlechten Ort konnte er genauso gut Afghanistan meinen wie Josef Fritzls Keller in Österreich oder das oberste Regal in Filippas Teil des Küchenschranks, wo sie ihren verbotenen Süßkram aufbewahrte. Danny ließ sie los und schaute wieder zum Horizont, wo es etwas geben musste, dass nur er sehen konnte.

»Es gibt so viel Elend auf der Welt. So viel Scheiße. Manchmal wird es einfach zu viel.« Danny schaute sie wieder an, und sein Blick bekam etwas Weiches. »Du bist so unschuldig. Die ganze Welt wäre ein besserer Ort, wenn alle Augen so strahlen würden wie deine.«

»Wirst du diesen Monat in London sein?«, fragte Filippa.

Danny schüttelte den Kopf.

»Ein schlechter Platz«, sagte er. »Wenn ich hier bin, ist mein Kopf nur voller Dreck und Gitarren. Ich mach bei einem Rennen mit, aber ich weiß nicht … ist die Ziellinie dort? Oder dort? Oder schon hinter mir? Oder irgendwo weit über mir? Dabei will ich doch auch alle Farben der Rosen bewundern.«

Filippa war sich jetzt sicher, dass das auf seiner rechten Wange ein Pickel war.

»Ich hab alles in den Sand gesetzt«, sagte Danny. »In den Sand! Und dann seh ich jemanden wie dich. Die eine einzige geballte Ladung Freude ist. Du bist so fuckin' süß.«

Filippa errötete und überlegte, dass es wohl doch kein Pickel war.

»Ich muss weiter. Ich muss schlafen«, sagte Danny und schüttelte wieder den Kopf.

»Und wir treffen uns?«, sagte Filippa. »Hinterher, wenn du geschlafen hast?«

»Ich ruf dich an, Liebes«, sagte Danny. »Dich will ich wiedersehen.«

»Versprochen?«, rutschte es Filippa heraus. Wie peinlich verzweifelt das klang, ging ihr erst auf, als es zu spät war.

»Du«, sagte Danny, »bist eine Königin. Ist dir das klar? Eine Königin.«

Ohne eine Umarmung oder einen Kuss zum Abschied setzte Danny seine Wanderung fort. Aus der Gesäßtasche seiner Jeans angelte er eine weitere Dose Bier. Als er sie öffnete, gab es ein kleines Zischen. Während Filippa nach Bridget Ausschau hielt, fühlte sie sich, als wäre sie soeben aus einer Zentrifuge gestiegen. Obwohl ihre Begegnung mit Danny kaum länger als ein paar Minuten gedauert haben konnte, fühlte sie sich wacklig auf den Beinen. Es war kein bisschen so gewesen, wie sie es sich vorgestellt hatte.

»Wie ist es gelaufen?«, fragte Bridget, als Filippa sie in der Schuhboutique weiter unten in der Straße fand. Bridget probierte gerade ein Paar Sneakers an, die fast identisch mit denen waren, die sie in der anderen Boutique anprobiert hatte.

»Er ruft an!«, sagte Filippa lächelnd.

Bridget erwiderte das Lächeln nicht.

»Hat er dir gesagt, warum er sich nicht gemeldet hat?«, fragte sie.

Filippa war echt sauer, dass Bridget sich nicht mehr für sie freute, sondern den schönen Augenblick mit einer solchen Frage kaputt machen musste.

»Nein, aber … Er sagt, sein Kopf ist gerade an einem schlechten Ort.«

»An einem schlechten Ort? Was redet der für eine Scheiße?«

Filippas Wut auf Bridget wuchs. Sie hatte überhaupt keine Lust mehr, mit ihr über Danny White zu reden.

»Jedenfalls ruft er an, sobald er kann«, murmelte sie, entfernte sich ein paar Schritte von Bridget und tat so, als interessierte sie sich für ein Paar mit Nieten verzierte Stilettos.

Es war offensichtlich, dass Bridget null Verständnis für eine Künstlerseele wie Danny White besaß. Da war nur eine Kleinigkeit, die auch sie selbst störte, ein winziges Sandkörnchen im Schuh: Filippa konnte sich nicht erinnern, dass Danny auch nur ein einziges Mal ihren Namen erwähnt hätte.

12

Am Montag kam Filippa, die sonst immer pünktlich war, volle zwanzig Minuten zu spät zur Arbeit. An der U-Bahn-Station Camden hatte ihre Bahn plötzlich stillgestanden, weil, eine viel zu detaillierte Auskunft, in Euston jemand unter den Zug geraten war. Euston war die nächste Station. Filippa fragte sich, ob sie schon dabei war, eine waschechte Londonerin zu werden, weil es sie ärgerte, dass jemand so egoistisch sein konnte, ausgerechnet während der schlimmsten Stoßzeit Selbstmord zu begehen. Außer Atem und mit roten Wangen stürmte sie bei der GH Media durch die Eingangstür.

»Filippa, da bist du ja! Gerade wollte ich dich anrufen«, sagte Emma am Empfang und sprang auf.

»Hallo, Emma, Entschuldigung!«, sagte Filippa. »Die U-Bahn …«

»Wir brauchen deine Hilfe!«

Filippa blieb stehen und versuchte, wieder zu Atem zu kommen.

»Wobei?«

»Jessica, Mr Hartleys persönliche Assistentin, hat die Grippe, und wir können niemanden finden, der sie vertritt. Vor heute Nachmittag oder morgen früh kann Bright Angels niemanden schicken«, sagte Emma. »Ich hab schon mit Sue gesprochen, sie sagt, die Revision leiht dich an Mr Hartley aus, bis Jessica zurückkommt.«

Filippa fragte sich schuldbewusst, ob Sue womöglich wusste, wie viel Zeit sie damit verbrachte, nur so zu tun, als würde sie arbeiten.

»Bitte, bitte, bitte!«, fuhr Emma fort. »Sag, dass du's machst! Ich kann dir alles zeigen. Wir brauchen dringend jemanden, der gleich anfangen kann. Bitte, sag, dass du's machst!«

Filippa spürte ein Kribbeln im Bauch. Sie würde die persönliche Assistentin von Graeme Hartley werden. *Dem* Graeme Hartley, dem Geschäftsführer der GH Media, auch bekannt als eine Art Genie.

»Klar«, sagte Filippa.

»Danke, danke, danke, danke! Du hast uns gerettet!«, rief Emma erleichtert.

Sie schaltete den Anrufbeantworter ein und stellte das elegante Bin-gleich-zurück-Schild aus glänzendem Metall auf den Empfangstresen, dann fuhren sie mit dem Aufzug nach oben. Filippa registrierte eine Ahnung Schadenfreude, als sie den zweiten Stock passierten. Mit einem kleinen Pling! hielt der Aufzug in der siebten und obersten Etage.

Andächtig stieg Filippa aus dem Aufzug und schaute sich um. Hier oben war eine vollkommen andere Welt. Statt enger, staubiger Flure wie im zweiten Stock gab es hier nur einen einzigen breiten, hellen Gang, der mit dickem, dunkelgrauem Teppichboden ausgelegt war. Keine Stimmen oder klingelnden Telefone waren hier zu hören, es roch schwach nach Reinigungsmittel, und die kühle Luft einer Klimaanlage strömte aus unsichtbaren Ventilen. Emma führte Filippa den Gang entlang und öffnete die schwere gefrostete Glastür an dessen Ende.

»Hier sitzt du«, sagte sie und zeigte auf einen schwarzen Schreibtisch, der so groß war wie ein Boot.

Das Büro, indem sie sich befand, war im selben Stil eingerichtet wie der Gang draußen, und eine raffinierte Beleuchtung machte wett, dass es darin keine Fenster gab. An allen vier Wänden hingen große schwarz-weiße Fotos moderner Gebäude.

»Da hinter der Tür ist Mr Hartleys Büro«, sagte Emma. »Aber du betrittst es nur, wenn er nach dir ruft, oder wenn du sicher bist, dass er schon gegangen ist.«

Emmas Handy begann zu vibrieren, und sie ging dran.

»Ich muss unten am Empfang eine Lieferung quittieren«, sagte sie.

»Aber ich weiß doch gar nicht, was ich machen soll«, sagte Filippa. »Du wolltest es mir doch zeigen.«

»Mach dir keine Sorgen, du kriegst das schon hin«, sagte Emma und verschwand.

Als Filippa sich in den bequemen Ledersessel hinter dem schwarzen Schreibtisch setzte, war sie immer noch fasziniert von dem Gedanken, die persönliche Assistentin von jemandem zu sein. Oder war »persönliche Assistentin« nur eine andere Bezeichnung für Sekretärin? Und wie persönlich assistierte man eigentlich? (*»Es ist Zeit für Ihren täglichen Einlauf, Mr Hartley!«*) Dabei wusste sie nicht mal, wie er aussah.

Sie schaltete den Computer auf dem Schreibtisch ein und fand in der obersten Schreibtischschublade einen Kalender. Auf einem Regal fand sie Mappen mit Briefen, ausgedruckten E-Mails und Protokollen diverser Sitzungen.

»Good morning!«, sagte plötzlich jemand.

Sie schaute auf und sah einen kleinen Mann mit grauen Haaren und einem grauen Bart. Er trug einen schwarzen Anzug, ein schneeweißes Hemd und eine graue Krawatte.

»Guten Morgen!«, sagte Filippa und versuchte auszusehen, als hätte sie gerade den Preis für die beste persönliche Assistentin des Jahres gewonnen. »Ich heiße Filippa. Jessica ist leider krank.«

Der Mann kam zu ihr und schüttelte ihr, ohne zu lächeln, die Hand. Aus der kurzen Entfernung bemerkte sie, dass er nach einem teuren moschushaltigen Rasierwasser roch.

»Hallo. Ich heiße Graeme.«

Dann ging er zurück in sein Büro und schloss die Tür. Filippa war ein bisschen enttäuscht, dass Graeme Hartley nicht der große dynamische Herzensbrecher war, den sie sich vorgestellt hatte, sondern aussah wie ein mürrischer Großvater, der Geschäftsmann spielte. Sie betrachtete die Tür, die zu seinem Büro führte, und fragte sich, was sie jetzt eigentlich tun sollte. Nachdem von der Tür keine Antwort kam, begann sie, auf dem Computer Patience zu spielen. Es konnte ihr ja niemand mehr auf den Bildschirm sehen. Gerade als sie das schwarze Ass fand, das sie schon die ganze Zeit gebraucht hatte, klingelte das Telefon auf ihrem Schreibtisch. Sie beendete mit leise glühenden Wangen das Spiel und meldete sich mit ihrer besten Sekretärinnenstimme.

»Guten Morgen, hier ist das Büro von Graeme Hartley.«

»Hier *ist* Graeme Hartley, und ich *weiß*, dass das mein Büro ist. Das brauchst du ohnehin nicht zu sagen, wenn du siehst, dass es sich um einen internen Anruf handelt.«

Mit Entsetzen sah Filippa auf das Display, auf dem »Intern. Gra. Hartley« zu lesen stand.

»Entschuldigung, Mr Hartley!«

»Komm in mein Büro!«, antwortete er, bevor er auflegte.

Hektisch suchte Filippa nach einem Notizblock, wie ihn die

Sekretärinnen im Fernsehen immer benutzten, wenn sie ins Büro ihres Chefs gerufen wurden. In einer Schreibtischschublade fand sie zum Glück so einen Block und einen Bleistift. Sie klopfte vorsichtig an Mr Hartleys Tür und trat ein.

In Graeme Hartleys Büro stand der gleiche Schreibtisch wie bei Filippa, nur größer, die übrige Einrichtung bestand aus einem strammen Ledersofa, schlichten schwarzen Regalen und ein paar Palmen. Durch ein großes Fenster sah man die Dächer der gegenüberliegenden Gebäude und den schweren grauen Himmel. Mr. Hartley saß am Schreibtisch und schrieb an seinem Laptop.

»Nimm Platz!«, sagte er, ohne aufzuschauen.

Filippa setzte sich auf einen der Stühle, die vor seinem Schreibtisch standen, und schlug ihren Notizblock auf. Sie hatte den Bleistift im Anschlag und war bereit, alle Weisheiten ihres Chefs zu notieren. Das hier war wirklich eine vollkommen andere Welt als die Interne Revision mit ihrem täglichen Klatsch, der ständigen Teetrinkerei und den Arbeitstagen im Halbschlaf.

»So, fertig«, sagte Mr Hartley und schaute von seinem Laptop auf. »Was ist, willst du mich porträtieren?«

»Verzeihung?«

Mr Hartley nickte in Richtung ihres Notizblocks und ihres Bleistifts. »Ich sagte, willst du mich porträtieren? Wenn ja, ist meine linke Seite die bessere«, sagte er und lachte laut. Gleich darauf wandte er sich wieder seinem Laptop zu und begann erneut zu schreiben. »Moment, ich hab was vergessen ...«

Filippa saß da und überlegte, ob es falsch gewesen war, den Notizblock mitzunehmen. Die Minuten vergingen, und Mr Hartley schrieb weiter an seinem Laptop.

Als Filippa sich mit ihrem Notizblock endgültig blöd vorkam, begann sie auch zu schreiben: »Sitzung mit Mr Hartley, Montag, den 30. Juni, 10:30 Uhr. Ort: GH Media, Lon…«

»Was schreibst du da?«

Mr Hartley hatte aufgehört zu schreiben und sah sie an.

»Dass … also …«, stammelte Filippa. »Dass wir eine Sitzung haben … also den Tag … und den Ort …«

Mister Hartley saß ganz still.

»Habt ihr jungen Leute heutzutage ein so schlechtes Gedächtnis, dass ihr euch nicht mal mehr merken könnt, mit wem ihr gerade eine Sitzung hattet und wo?«

»Nein, es ist nur so …«, begann Filippa.

Mr Hartley lachte wieder.

»War nur ein Scherz. Es ist gut, dass du alles aufschreibst. Genau so gehört sich das. Und entschuldige, wenn ich vorhin etwas kurz angebunden war«, sagte Mr Hartley. »Ich wusste nicht, dass Jessica krank war, und wir haben gerade viel mit dieser neuen Kampagne zu tun. – Wie war dein Name noch mal?«

»Filippa«, sagte Filippa. »Karlsson. Ich arbeite normalerweise unten in der Internen Revision.«

Mr Hartley breitete die Arme aus.

»Wie gut! Da hast du ja schon ein bisschen Ahnung von der Organisation hier im Haus. Möchtest du einen Kaffee?«

»Gern«, sagte Filippa und wollte aufstehen.

»Nein, nein, bleib sitzen!«, sagte Mr Hartley. »Ich habe eine dieser schlauen Maschinen, die alles von alleine machen. – Espresso?«

Filippa nickte, obwohl sie den Geschmack von Kaffee immer noch hasste, und Mr Hartley ging zu seiner glänzenden Kaffeemaschine, drückte ein paar Knöpfe, und mit einem kleinen vornehmen Brummen begann der Kaffee in zwei winzige weiße Tassen zu rinnen. Eine davon stellte Mr Hartley vor Filippa hin.

»Danke, Mr Hartley.«

»Nenn mich bitte Graeme. Woher kommst du, Filippa?

»Aus Schweden.«

Mr Hartley setzte sich wieder hinter seinen Schreibtisch.

»Ah, Sweden, lovely country!«, sagte er und sah dabei ganz selig aus. »Ich bin schon viele, viele Male dort gewesen.«

Filippa nahm einen kleinen Schluck von ihrem Espresso und versuchte trotz des bitteren Geschmacks nicht das Gesicht zu verziehen.

»Diese schöne Landschaft!«, fuhr Mr Hartley fort. »Eine fantastische Natur habt ihr da oben. Die Wälder, die Seen, die Elche. Und diese magischen Sommernächte! Meine Exfrau und ich waren einmal in Dalarna und haben die unglaublichsten Dinge ...«

Minutenlang erzählte er ihr, wie fantastisch Schweden war, und Filippa fragte sich, ob sie nicht erwähnen sollte, dass Schweden auch schlechtere Seiten hatte, wie zum Beispiel Kautabakflecken auf den Straßen oder lange Wartezeiten für Hüftoperationen.

»Von den Menschen ganz zu schweigen! Unheimlich nett. Ihr schüttelt euch nicht so oft die Hände wie wir, aber ihr seid unglaublich ordentlich. Und kreativ ...«

Als Filippa nach einer halben Stunde aus Mr Hartleys Büro kam, hatte sie das Gefühl, noch nie so fit gewesen zu sein. Selbst der Gedanke, bei einem Marathon mitzumachen, schien ihr nicht mehr völlig abwegig. Sie wusste nur nicht, kam es von der neuen Arbeit oder den drei Tassen Espresso, die sie gerade getrunken hatte.

Sie setzte sich wieder an den Schreibtisch, und da niemand da war, der es sehen konnte, öffnete sie ihren Mail-Account.

Ihr Herz begann doppelt so schnell zu schlagen, als sie sah, dass eine Mail der Royal Drama School gekommen war. Sie starrte lange auf den Bildschirm, bevor sie es wagte, die Mail, an deren neutralem Betreff »Deine Bewerbung« nichts abzulesen war, zu öffnen. Schließlich tat sie es.

Danke, dass du bei der Royal Drama School vorgesprochen hast. Wir möchten dich hiermit zu einem zweiten Vorsprechen am Donnerstag, den 4. Juli ...

Ein zweites Vorsprechen. Ein zweites Vorsprechen! Filippa las die Mail wieder und wieder und traute dennoch ihren Augen nicht. Sie hatte die erste Runde geschafft und war zu einem zweiten Vorsprechen eingeladen. Sie wollte durchs Zimmer rennen und vor Freude schreien. Sie wollte tanzen, mit den Füßen stampfen, in die Hände klatschen, mit dem Po wackeln und dabei auf und nieder springen. Sie wollte jemanden packen und in die Arme nehmen und ihre frohe Nachricht herausschreien. Sie durfte ein zweites Mal vorsprechen, *obwohl* sie die Julia gespielt hatte. Sir Ian McKellen hatte gefunden, dass sie gut genug war. Der Gedanke war schwindelerregend. Oder hatte es an ihrem einfühlsamen »Hoch soll er leben!« gelegen, dass Sir Ian McKellen in ihr einen künftigen Star gesehen hatte? Sie las den entscheidenden Satz der Mail immer wieder:

Wir möchten dich hiermit zu einem zweiten Vorsprechen am Donnerstag, den 4. Juli ...

Es dauerte fünf Minuten, bis sich die Freude in eiskalten Schreck verwandelte. Sie sollte zu einem zweiten Vorsprechen zur Royal Drama School! Das war eine Tatsache. Das hieß, es war kein Spiel mehr, sondern Ernst. Ein kleiner Teil von ihr wünschte sich fast, sie hätten ihr empfohlen, sich einen Beruf zu suchen, bei dem sie möglichst wenig mit Publikum in Berührung kam. Dann hätte sie wenigstens Klarheit über ihr Schicksal gehabt. Am Donnerstag, den 4. Juli – das war noch in derselben Woche. Sie musste sich eine Entschuldigung überlegen, warum sie an dem Tag nicht arbeiten konnte.

Mr Hartley war inzwischen zu einer Sitzung irgendwo im Süden Londons aufgebrochen und hatte sie nur gebeten, einige Papiere abzulegen (ein Job, für den sie knapp dreißig Sekunden gebraucht hatte). Danach surfte sie für den Rest des Morgens im Netz. Da sie trotz allem das Gefühl hatte, etwas zu feiern zu haben, ging sie in der Mittagszeit hinaus, um sich zum Lunch etwas bei Pret a Manger zu kaufen.

In der Regents Street waren noch mehr Leute als sonst. Während Filippa bei Pret in der Warteschlange stand, sah sie draußen vor den Fenstern eine Gruppe kichernder japanischer Mädchen in Kunststoffröcken und mit rosa Haaren. Nicht weit entfernt, an einer Bushaltestelle, standen die wohlgenährten Mitglieder einer indischen Familie mit großen Tüten von Selfridges und stritten sich. Rote Doppeldeckerbusse standen im Stau, und unablässig wurde gehupt. Gerade als sie das Geschäft verließ, klingelte Filippas Handy.

»Hallo?«

»Hi, it's Rob«, sagte jemand namens Rob.

»Hi, how are you?«, sagte Filippa schnell.

»I'm fine. How are you?«, fragte Rob.

»I'm fine, thanks«, sagte Filippa.

Besser, das Gespräch klang wie eine Englischlektion, als dass sie fragte, wer Rob eigentlich war und woher er ihre Nummer hatte.

»Hat's dir gefallen am Freitag?«, fragte Rob.

Eine Gruppe kreischender italienischer Mädchen kam gerade aus einem Geschäft, und Filippa musste erst ein paar Schritte weitergehen, bevor sie wieder hören konnte, was Rob sagte.

»Am Freitag? In der Embassy Bar?«, fragte Filippa und kam sich plötzlich vor wie Sherlock Holmes.

»Dort und danach«, sagte Rob und lachte.

Rob war der Geschäftsmann. Der mit den hochgekämmten Haaren, der so betrunken gewesen war. Irgendwann später am Abend musste sie so besoffen/verrückt/blind gewesen sein, ihm ihre Handynummer zu geben.

»Ich wollte fragen, ob du mit mir ausgehen möchtest.«

Ein Doppeldecker mit großen Reklameschildern für das Musical *Mamma Mia!* fuhr vorüber. Filippa wusste nicht, was sie antworten sollte. Sie war doch mit Danny zusammen und hatte den Geschäftsmann auch nicht besonders gemocht. Gleichzeitig schmeichelte es ihr, dass sie tatsächlich jemand anrief, um sich mit ihr zu verabreden.

»Okay, klar«, hörte Filippa eine Stimme antworten, von der sie im selben Augenblick begriff, dass es ihre war.

Rob schlug ein Café in der Nähe des Centre Point und der Charing Cross Road vor, und sie machten ab, dass sie sich am Donnerstag treffen würden, wenn er Feierabend hatte und Filippa mit ihrem zweiten Vorsprechen an der Royal Drama fertig war.

»Bis Donnerstag dann«, sagte Rob.

»Good bye!«, sagte Filippa, aber es klang so falsch und förmlich, dass sie schnell ein »Bye!« nachschob.

»Good bye bye!«, sagte Rob.

Filippa setzte sich auf eine Bank auf dem winzigen Hanover Square nicht weit von der GH Media und aß das Sandwich, dass sie sich gekauft hatte. Ihr war ein bisschen schwindlig. Im Lauf von nur wenigen Stunden war sie – okay, nur vorübergehend, aber trotzdem – die persönliche Assistentin des obersten Chefs geworden, hatte sie die Royal Drama School zu einem zweiten Vorsprechen bestellt, und jetzt hatte sie auch noch ein Date. Sie biss in ihr Sandwich und konnte nicht anders, sie musste lächeln. Das Leben in London hatte endlich begonnen.

13

Die darauffolgenden drei Tage wurden die besten, die Filippa bisher in London erlebt hatte. Es stellte sich heraus, dass Jessica keine Grippe, sondern das Pfeiffersche Drüsenfieber hatte und voraussichtlich mehrere Wochen fehlen würde, sodass Filippa im siebten Stock bleiben und weiterhin Mr Hartleys persönliche Assistentin spielen durfte. Bald wusste sie, dass Jessica wahrscheinlich den besten Job der Welt hatte. Ihre Aufgaben waren so einfach, dass es beinahe ein Witz war. Wenn der Aufzug am zweiten Stock vorüberfuhr, verspürte Filippa jeden Tag aufs Neue dieselbe Schadenfreude.

Ihre Hauptaufgabe bestand darin, Termine für Sitzungen zu vereinbaren, Sitzungen abzusagen und Dokumente zu kopieren, die sie hernach zu archivieren hatte. Das Komplizierteste, worum Mr Hartley sie bisher gebeten hatte, war, einen Flug nach Los Angeles (Erster Klasse, am liebsten auf einem Platz in der zweiten Reihe) samt Hotel (infrage kam ausschließlich das Le Meridien) für ihn zu buchen. Da er eine American-Express-Platincard besaß, brauchte sie nur dort anzurufen, und man kümmerte sich um den Rest. Wenn sie ihre Aufgaben erledigt hatte, gehörte der Rest des Tages ihr, denn Mr Hartley war fast ständig in Sitzungen, die an allen möglichen Orten stattfanden.

»Hast du genug zu tun?«, fragte er manchmal im Vorübergehen.

»Auf jeden Fall«, sagte Filippa dann und tat so, als sortierte sie irgendwelche Unterlagen.

»Du meldest dich bitte, wenn du etwas zu tun brauchst, ja?«

»Sicher«, sagte Filippa, zog irgendein Blatt tief unten aus einem Stapel und verpasste ihm mit ihrem Bleistift einen kleinen amtlichen Haken.

»Fein, Pippa«, sagte Mr Hartley und verschwand zum Lunch oder wohin auch immer.

Filippa schauderte, wenn er sie so nannte, und war mehrere Male nahe daran, ihn darum zu bitten, damit aufzuhören. Sie hatte sich nicht getraut, weil sie ihm dann den Grund dafür hätte nennen müssen. (*»Wissen Sie, Graeme, wenn in Schweden ein Mann und eine Frau sich lieben und ein Baby machen wollen, was sie dann machen, das nennt man so.«*)

So kam es, dass Filippa im Büro saß, stundenlang Danny Whites Band googelte und jede einzelne Seite las, auf der sie erwähnt wurde (genau 507). Seinen Namen zu lesen und Dinge, die er gesagt hatte, tat ihr gut. Sie wurde dann ganz ruhig, und es kam ihr vor, als wäre er im selben Zimmer. Ihre neuen Idole waren Jeff Buckley und Syd Barrett, obwohl die keinesfalls angesagt zu sein schienen und sie eigentlich auch keine Ahnung hatte, wer sie waren. Sie las auch *Aftonbladet* und *Expressen* im Internet, um zu sehen, was in Schweden passierte (nichts Neues), und checkte jede Menge Klatschseiten. Wenn sie auch davon genug hatte, spielte sie Patience, bis ihre Netzhaut sich grün färbte, und irgendwann begann sie, Jessicas Mails zu lesen. So erfuhr sie, dass Jessica sich nicht sicher war, ob sie mit ihrem irischen Freund Brendan Schluss machen sollte, obwohl sie gerade zusammen in eine Wohnung in Stoke Newington gezogen waren, und sie erfuhr auch den Grund, nämlich dass Brendan ständig besoffen war. Jessica selbst suchte eine neue Stelle, weil sie sich als Mr Hartleys persönliche Assistentin unterfordert fühlte, und dachte offenbar darüber nach, Fotografie zu studieren. Darüber hinaus hielt sie eine gewisse Caroline für eine »selten dämliche Kuh«, die sich auf etwas gefasst machen konnte, wenn sie sich noch einmal an Brendan heranmachte. – Es war, als läse man in einem fremden Tagebuch. Und dafür wurde man auch noch bezahlt!

Was den Donnerstag betraf, war Filippas Plan, sich schon am Mittwoch schlecht zu fühlen, damit ihr auch alle glaubten, wenn sie sich am Tag darauf krank meldete. Mr Hartley war allerdings den ganzen Mittwoch auf einer Sitzung außerhalb, sodass niemand anders da war, dem sie etwas von Bauchschmerzen vorjammern konnte, als sie selbst. Als es sechs Uhr war und Zeit, nach Hause zu gehen, überlegte sie, dass Emma vom Empfang ihr letzte Chance war.

»Wo ist Emma?«, fragte sie das fremde Mädchen, das hinter dem Empfangstresen stand.

»Bei einer internen Schulung«, sagte das Mädchen und lächelte. »Sie ist morgen wieder am Platz.«

Filippa stand da und wusste nicht, was sie tun sollte. Mit Ausnahme des Drachen Sue war wahrscheinlich auch die komplette Interne Revision schon nach Hause gegangen. Dorthin zu gehen und zu jammern, konnte sie sich also sparen.

»Kann ich dir irgendwie behilflich sein?«, fragte das Aushilfsmädchen am Empfang.

»Äh … ich heiße Filippa. Ich bin Mr Hartleys persönliche Assistentin, bis Jessica zurückkommt.«

»Und wie läuft's?«, fragte das Mädchen und lächelte wieder. »Ist er so ein Tyrann, wie man ihm nachsagt?«

»Nein, ganz okay«, sagte Filippa. »Ich fühl mich nur heute nicht so gut.«

»Ich finde immer, er wirkt so einschüchternd«, sagte das Mädchen.

»Ist er aber gar nicht. Au … oh … diese Bauchschmerzen … ich hab sie schon den ganzen …«

Am nächsten Morgen erwachte Filippa froh, nervös und voller Erwartung. Im Unterschied zum ersten Vorsprechen gab es diesmal nichts, was sie vorbereiten sollte. In der Mail hatte nur gestanden, dass sie einen circa drei Stunden langen Workshop haben würden. Es wurde gebeten, in Kleidern zu kommen, in denen man sich leicht bewegen konnte, man sollte keinen Schmuck tragen, und die Haare sollten so zusammengebunden sein, dass sie nicht ins Gesicht hingen. Zwischendurch würde es eine kurze Pause geben, in der man sich Snacks aus der Cafeteria holen konnte. Das war alles. Als Vorbereitung beschloss sie dennoch etwas zu tun, was sie noch nie zuvor getan hatte. Sie ging joggen. Sie sah es schon vor sich, wie sie als junge, begabte Schülerin der Royal Drama frühmorgens ihre Joggingrunde drehte, von der sie mit rosigen Wangen zurückkam, da konnte sie genauso gut heute schon damit anfangen. In zügigem Tempo schritt sie von Kentish Town durch Camden in Richtung Regents Park.

Von ein paar Straßenkehrern abgesehen, waren die Straßen menschenleer. Hier und da lag Müll, sie wich Glasscherben und der ein oder anderen halb gegessenen Pizza aus, stieg vorsichtig über eine gelbe Pfütze Erbrochenes mit roten Stückchen und ging dann mit schnellen Schritten den Parkway aufwärts. Im Regents Park angekommen, atmete sie ein paarmal tief ein und schaute sich zufrieden um. Nur ein älterer Mann führte zwei kleine schwarze Hunde Gassi, sonst war niemand im Park.

»Kalter Morgen«, sagte der Mann und lächelte Filippa an.

Einer der Hunde kam mit fliegenden Ohren gerannt und sprang an ihr hoch. Er schielte ein bisschen und versuchte ihr die Hand zu lecken.

»Kann man wohl sagen«, antwortete sie und kraulte den Hund hinterm Ohr.

»Willst du joggen?«

Filippa nickte.

»Tapfer«, sagte der Mann. »Ich für mein Teil habe genug Bewegung mit den zwei Rackern hier.«

»Ich versuche jeden Morgen zu joggen«, sagte Filippa, wie um es zu beschwören. Sie hatte es auch tatsächlich versucht, sogar schon mehrmals, es war nur so, dass es ihr bisher immer zu mühsam gewesen war.

Der alte Mann stieß einen anerkennenden Pfiff aus.

»Schönen Tag noch!«, sagte Filippa und begann, einen der Parkwege entlangzulaufen.

Schon nach fünfzig Metern fühlte es sich an, als würde sie sterben. Ihr Herz pochte, als wollte es gleich zerspringen, und ihre Beine benahmen sich, als wüssten sie nicht, was sie von ihnen wollte. Da der ältere Mann vermutlich immer noch dastand und ihr nachsah, tat sie so, als müsste sie sich die Schnürsenkel fester binden, als sie an einer Bank anhielt und versuchte, wieder zu Atem zu kommen. Irritiert stellte sie fest, dass der Mann sie eingeholt hatte.

»Zäher Tag, was? Kommt bei mir auch vor«, sagte er und nickte.

Filippa begann darauf mit Kickboxtritten.

»Paar Übungen zum Aufwärmen«, sagte sie.

»Gute Idee. Viel Glück!«, sagte der Mann und ging davon. Endlich.

Sobald der Mann außer Sichtweite war, ließ Filippa das mit den Tritten und beugte sich nach vorn, um Atem zu holen. Es dauerte mehrere Minuten, bevor ihr Herz wieder ruhig schlug und nicht mehr im ganzen Körper pochte. Danach begann sie erneut zu laufen, diesmal in einem deutlich langsameren Tempo.

Eine Stunde später kam sie zurück in die Wohnung und taumelte ins Bett. Obwohl sie völlig durchgeschwitzt war, schlief sie sofort ein und blieb über zwei Stunden der Länge nach ausgestreckt liegen.

Als sie aufwachte, entdeckte sie eine große Speichelpfütze auf dem Kissen und sah, dass der Pulli, in dem sie eingeschlafen war, ein tiefes Muster auf ihrer verquollenen Wange hinterlassen hatte. Panisch sah sie außerdem, dass es schon fast zu spät war, um bei der Arbeit anzurufen und sich krank zu melden. Mit zittrigen Fingern wählte sie die Nummer der Zentrale. Zum Telefonieren legte sie sich, Schauspielerin, die sie in dem Fall tatsächlich war, aufs Bett.

»Graeme Hartley International Media Corporation, was kann ich für Sie tun?«

»Spreche ich mit Emma?«, fragte Filippa mit einer so schwachen und heiseren Stimme wie möglich. Dann ließ sie ein Hüsteln folgen.

»Hier Emma, ja, was kann ich für Sie tun?«

»Emma, Filippa hier. Ich kann heute leider nicht zur Arbeit kommen.«

»Warum denn nicht?«

»Mir geht's nicht gut ... Bauchschmerzen.«

Auch wenn es Bauchschmerzen waren, die sie angeblich hatte, konnte es vielleicht nicht schaden, wenn sie ihrer Stimme zusätzlich ein leichtes Rasseln unterlegte.

»Bist du sicher, dass du nicht kommen kannst?«, fragte Emma und klang längst nicht so mitfühlend, wie Filippa es sich erhofft hatte. »Mr Hartley hat heute Nachmittag diese wichtige Sitzung mit der Hinkel Film, und sie sind eigens von Amsterdam hierhergeflogen.«

»Nein, ich kann nicht. Mir geht's wirklich nicht gut ...«

Das Rasseln kam nicht schlecht.

»Filippa, bitte, wir brauchen dich heute. Könntest du nicht wenigstens für ein paar Stunden kommen, bis die Sitzung vorbei ist?«

»Nein, glaub nicht«, sagte Filippa.

»Die Hinkel Film ist einer unserer wichtigsten Kunden, da *braucht* Mr Hartley jemanden, der ...«

Emma klang mit jedem Satz härter.

»Meine Mutter ist tot!« Die Worte kamen von ganz allein aus Filippas Mund.

Emma sagte zuerst nichts. Sie schien genauso schockiert wie Filippa selbst.

»Oh, Filippa, das tut mir schrecklich leid«, sagte sie und klang, als wäre sie den Tränen nah.

Filippa war auch den Tränen nah. WARUM hatte sie gesagt, dass ihre Mutter tot war?

»Was ist passiert?«, fragte Emma.

»Ein schneller ... Es war Krebs«, sagte Filippa. »Einer von diesen schnellen. Es ging schrecklich schnell.«

Shit, shit, shit, shit, shit, shit, warum, warum, warum, warum, warum?

»Wann ist die Beerdigung?«

Die Beerdigung! Natürlich musste es eine Beerdigung geben – und Filippa wollte eigentlich schon morgen wieder in der Arbeit sein.

»Dieses Wochenende«, sagte sie. »Ich bin also am Montag wieder zurück.«

»Bist du sicher?«, fragte Emma. »Filippa, es hat wirklich keine Eile mit dem Zurückkommen. Um Himmels willen, alle werden dafür Verständnis haben, wenn du länger bleibst. Nimm dir so lange frei wie nötig. Bleib in Schweden, so lange du willst.«

»Nein, ganz ehrlich«, sagte Filippa. Über der Beseitigung ihrer Mutter hatte sie ganz vergessen, heiser und schwach zu klingen. Auch gerasselt hatte sie nicht. »Ich komme am Montag zurück. Es wird mir helfen, mit der Trauer fertig zu werden. Die Arbeit, du weißt schon, man muss dann nicht ständig dran denken.«

Emma antwortete erst nicht.

»Sicher, wie du willst«, sagte sie dann. »Filippa, es tut mir wirklich schrecklich leid.«

Nachdem das Gespräch zu Ende war, startete Filippa lange vor sich hin. Wie mit großen Buchstaben in die Luft geschrieben stand die Frage vor ihr:

WAS FÜR EINE SCHRECKLICHE PERSON MUSS MAN SEIN, UM DIE LÜGE VOM TOD DER EIGENEN MUTTER IN DIE WELT ZU SETZEN?

Eine wie sie, Filippa. Oder wie Mao Zedong. Vermutlich. Allerdings war die Frage viel zu groß und anstrengend, um sie gleich jetzt zu beantworten. Sie musste schließlich an das zweite Vorsprechen denken.

14

Diesmal standen tatsächlich Leute vor der Royal Drama School, als Filippa dort ankam: zwei Jungs, die rauchten, und ein Mädchen mit Handy, das eine SMS schrieb. Es war ungewöhnlich warm geworden, kein Wölkchen war am Himmel zu sehen. Ein lauer Wind machte die Luft weniger stickig.

Am Empfang saß derselbe Zeitung lesende glatzköpfige Mann, der schon das letzte Mal dort gesessen hatte. Bevor Filippa etwas sagen konnte, sagte er:

»Der große Raum, erste Tür rechts im ersten Stock.«

»Danke«, sagte Filippa.

Sie hörte ihr Herz klopfen. Dass die Mail so gut wie nichts von dem preisgegeben hatte, was während des Drei-Stunden-Workshops passieren würde, machte alles nur schlimmer. Wusste jemand, wie die Royal Drama School bei der zweiten Runde aussortierte?

Die Tür stand offen, und Filippa betrat den großen Raum. Er hatte drei große Fenster und war mit grobem graublauem Teppichboden ausgelegt, der die Schritte dämpfte. Es gab keine Tische, nur eine Reihe Metallstühle mit grauen Rücken- und Sitzpolstern an einer Wand. Es waren noch zehn Minuten, bis um elf Uhr alles begann, aber es waren schon über ein Dutzend Mitbewerber da. Sie standen in Grüppchen zu zweien oder dreien, und Filippa überkam Panik bei dem Gedanken, dass sie sich womöglich alle schon kannten. Vielleicht war das schon der erste Test. Vielleicht kam gleich Sir Ian McKellen herein, um ihnen zu erklären, dass alle, die jetzt noch keinen Freund gefunden hatten, niemals Schauspieler werden würden und den Raum verlassen mussten. »You shall not pass!«, würde er brüllen, dann wäre es vorbei.

Filippa setzte sich auf einen der Stühle und fragte sich, ob sie wieder so tun sollte, als würde sie simsen. An der gegenüberliegenden Wand sah sie ein Mädchen, schön wie ein Model, das sich wie eine Balletttänzerin streckte, während es sich lachend mit einem anderen Mädchen unterhielt. Filippa und ein sonderbarer Junge, der, in ein Buch vertieft, in einer Ecke auf dem Boden saß, waren die Einzigen, die für sich blieben. Doch dann kam das dunkelhaarige Mädchen, das mit ihr beim ersten Vorsprechen gewesen war.

»Hallo!«, rief Filippa viel zu laut.

»Hallo«, sagte das dunkelhaarige Mädchen ein wenig irritiert.

Filippa war so erleichtert, jemanden wiederzuerkennen, dass es keine Rolle spielte, dass sie die Dunkelhaarige überhaupt nicht gemocht hatte.

»Wir haben vor ein paar Wochen gleichzeitig vorgesprochen«, sagte Filippa. »Filippa.«

Das dunkelhaarige Mädchen streckte die Hand aus.

»Anna«, sagte sie. Genau, so hieß sie, Anna Doody.

»Nicht zu fassen, dass wir weitergekommen sind«, sagte Filippa.

Anna Doodys Lächeln besagte, dass dieses zweite Vorsprechen jedenfalls für sie selbstverständlich war.

»Ich frag mich nur, was sie alles von uns verlangen«, sagte Filippa.

»Vermutlich dasselbe, was sie beim zweiten Vorsprechen an der Central oder der Mountview auch verlangen«, sagte Anna Doody. Die Central School of Speech and Drama und die Mountview Academy of Theatre Arts waren zwei andere große Schauspielschulen in London.

»Warst du …«, begann Filippa, »… bei denen auch? Ich meine, warst du dort auch beim zweiten Vorsprechen?«

Anna Doody nickte und lächelte, als wollte sie sich dafür entschuldigen.

»Sie haben mir einen Platz angeboten. Und Guildhall und Rose Bruford auch«, sagte sie. »Aber ich will natürlich an die RoyDram.«

Filippa nahm sich vor, die Royal Drama School von nun an auch nur noch RoyDram zu nennen und im Übrigen bei der ersten sich bietenden Gelegenheit Anna Doody zu ermorden und ihre Identität zu stehlen. Die Jungs, die vor dem Gebäude gestanden und geraucht hatten, kamen und mit ihnen ein paar andere Nachzügler, dann war es plötzlich elf. Die Frau mit den kurzen Haaren und den ungeschminkten Augen betrat mit einem kleinen älteren Mann den Raum. Von Sir Ian McKellen war nichts zu sehen. Die Frau klatschte in die Hände.

»Ich möchte, dass ihr einen Kreis bildet«, sagte sie. »Wenn ihr ihn gebildet habt, könnt ihr euch setzen.«

Wie folgsame Welpen gingen alle zur Mitte, und manche setzten sich gleich in den Schneidersitz und streckten den Rücken, als wollten sie zeigen, was für eine gute Haltung sie hatten und was für aufmerksame Schüler sie abgeben würden. Filippa und Anna Doody setzten sich nebeneinander, gleich neben den sonderbaren Jungen. Sein Rücken krümmte sich wie ein Käseflip.

»Willkommen zurück an der Royal Drama School«, sagte die Frau. »Ich heiße Donatella, und wir fangen gleich an. Wir beginnen mit einer Runde, bei der ihr erzählt, wie ihr heißt und wo ihr herkommt.«

Filippa zählte 25 Bewerber in dem Kreis. Jeder sagte seinen Namen und erzählte, wo er herkam, während die anderen lächelten und artig zuhörten. Die ungeheure Sehnsucht, auf die RoyDram zu kommen, sorgte dafür, dass alle jetzt schon darum wetteiferten, wer mit dem größten Lächeln und dem aufmerksamsten Gesichtsausdruck aufwarten konnte. Ein Mädchen kam aus Italien und ein anderes aus Frankreich, aber Filippa war die Einzige aus Skandinavien. Nachdem sich alle vorgestellt hatten, stand Donatella auf.

»Danke. Es ist immer schön zu sehen, dass die Royal Drama School Menschen von so vielen unterschiedlichen Orten anlockt. – Wir beginnen mit einer Aufwärmübung.«

Die nächsten zwanzig Minuten vergingen mit Übungen, bei denen sie im Raum herumsprangen, die Wände berührten und sich der Länge nach auf dem Boden ausstreckten, während Donatella von zehn abwärts zählte. Danach machten sie dieselben Übungen noch einmal, nur in Zeitlupe. Und die ganze Zeit saß der ältere Mann auf einem Stuhl, beobachtete alles und machte Notizen. Trotzdem hatte Filippa so viel Spaß, dass sie fast vergaß, worum es eigentlich ging. Donatella bat sie, sich einen Partner zu suchen und mit ihm eine beliebige Sportart vorzuführen, auch in Zeitlupe. Filippa und ein kleines rothaariges Mädchen taten so, als spielten sie im Schneckentempo Tennis. Nach einer Weile klatschte Donatella in die Hände, wie immer, wenn eine Übung zu Ende war.

»Für euch als künftige Schauspieler …«, begann sie, und die Worte ließen Filippa vor Freude erschauern, »… ist es nicht nur wichtig, dass ihr euren Text könnt und beim Spielen den ganzen Körper einsetzt. Es kommt auch darauf an, den Raum um euch herum zu nutzen. Deshalb machen wir als Nächstes eine Übung, bei der es genau darum geht: wie ihr den Raum am besten nutzen könnt. Ihr bekommt dazu einen kurzen Dialog, und mit demselben Partner, mit dem ihr den Zeitlupensport gemacht habt, habt ihr zehn Minuten Zeit, euch auszudenken, wie ihr den Dialog spielen wollt. Ich möchte, dass ihr den Raum hier drinnen so originell und kreativ wie möglich einbezieht. Eure fünf Minuten beginnen jetzt.«

Das Wort »originell« war für Filippas Hirn das Zeichen, sofort abzuschalten. Von einer Sekunde zur anderen fühlte sie sich so kreativ wie ein Stein. Donatella gab jedem ein Blatt mit einem einfachen Dialog über das Wetter. Wie um Himmels willen sollte man da möglichst originell den Raum einbeziehen? Filippa wandte sich dem rothaarigen Mädchen zu.

»Hast du irgendeine Ahnung, was wir machen sollen?«

»Vielleicht warten wir einfach, was die anderen machen?«, sagte das rothaarige Mädchen, wofür Filippa sie auf der Stelle mochte.

Sie schielten zu den anderen hin. Alle waren schon mit Feuereifer dabei, zu springen, zu kriechen oder sich gegen die Wand zu lehnen. Filippa und das rothaarige Mädchen probierten, wie es war, wenn sie den Dialog Rücken an Rücken sprachen, und beschlossen, dass sich das ausreichend originell anfühlte. Donatella klatschte in die Hände.

»Die fünf Minuten sind vorbei, Hugh und ich möchten gern sehen, was euch eingefallen ist«, sagte sie.

Der kleine ältere Mann, Hugh, nahm jetzt mit Stift und Block neben Donatella Aufstellung.

Das erste Paar waren ein dicker Junge und ein blondes Mädchen, die ihren Dialog von entgegengesetzten Enden des Zimmers aus führten, sodass sie beinahe schreien mussten. Donatella flüsterte mit Hugh, der kurz nickte und etwas auf seinen Block schrieb. Das zweite Paar waren Anna Doody und ein groß gewachsener Junge. Alle holten vor Bewunderung tief Luft, als Anna Doody einen der Stühle nahm und sich darunterlegte, während der große Junge sich daraufsetzte. Niemand sonst hatte daran gedacht, die Stühle zu benutzen, und Anna Doody und der Junge hatten bewusst nicht mit dem Stuhl geübt, damit niemand sah, was sie vorhatten.

»Nice«, sagte Donatella, als die beiden fertig waren, und schenkte ihnen ein kleines Lächeln. »IM SEPTEMBER SEHEN WIR UNS WIEDER!«, dröhnte dieses Lächeln, in Sprache übersetzt, in Filippas Ohren.

Anna Doody und der große Junge sahen einander zufrieden an. Als das nächste Paar sich Rücken an Rücken aufstellte, stieg in Filippa Panik auf. Es sprach seinen Dialog genau so, wie sie und das rothaarige Mädchen es auch vorgehabt hatten. Wenn sie gleich dasselbe machten, landeten sie wohl kaum in der Kategorie originell und kreativ. Filippa und das rothaarige Mädchen sahen einander fragend an, und das rothaarige Mädchen zuckte die Achseln. Filippa musste jetzt schnell denken, sehr schnell. Und dann kam sie drauf! Sie flüsterte es dem rothaarigen Mädchen zu, und die Antwort war ein Nicken.

»Und die Nächsten!«, sagte Donatella.

Filippa stürzte aus dem Zimmer. Sie hörte, wie ein paar Leute sich bewegten und irgendjemand zu tuscheln begann. Sie rannte die Treppe hinunter und hinaus auf die Straße. Von dort schaute sie nach oben und sah, dass das rothaarige Mädchen das Fenster geöffnet hatte.

»Guten Tag!«, schrie Filippa.

Eine ältere Frau mit einem Einkaufswägelchen blieb stehen, um zu sehen, mit wem Filippa redete.

»Guten Tag!«, rief das Mädchen zurück.

Filippa sah Donatella, Hugh und die anderen aus den beiden Nachbarfenstern herausschauen.

»Wie ist das Wetter bei euch?«, fragte Filippa.

»Könnte besser sein«, antwortete die Rothaarige. »Und bei euch?«

»Könnte besser sein«, antwortete Filippa.

»Hörst du mich?«

»Nein. Und du hörst mir sowieso nie zu.«

Womit der Dialog zu Ende war. Auf dem Weg nach oben hörte sie Applaus. Als sie zurückkam, sah sie, dass Hugh immer noch schrieb. Donatella lächelte Filippa zu und sagte:

»Nice.«

Nachdem alle Paare durch waren, war es Zeit für eine kurze Pause. Donatella sagte ihnen, die Cafeteria sei im obersten Stock.

Filippa fühlte sich so wach, als hätte sie zehn Tassen von Mr Hartleys Espresso getrunken. Mit dem Dialog von der Straße aus hatte sie den Raum auf die bestmögliche Art und Weise genutzt, das stand fest. *Originell* und *kreativ* waren sozusagen ihre zweiten Namen. Bildete sie es sich nur ein oder schauten die anderen sie plötzlich anders an? Es war irgendwie, als hätte sie sich den Platz an der Royal Drama School schon verdient.

Die Cafeteria im vierten Stock war modern eingerichtet. Die

Sonne schien durch große Fenster, und es war warm. Es roch nach Automatenkaffee, Tee und aufgewärmter Pizza. Filippa stellte sich in die Schlange, obwohl sie weder hungrig noch durstig war. Um nicht aus der Reihe zu tanzen, nahm sie eine Flasche Wasser und einen roten Apfel und bezahlte alles bei der Frau an der Kasse. So natürlich wie möglich setzte sie sich an einen der Tische, an dem schon andere Bewerber saßen. Viel zu spät bemerkte sie, dass auch Anna Doody dort saß.

»Hallo«, sagte Filippa.

»Gute Idee, das mit der Straße«, sagte einer der Jungs und stopfte sich einen Kartoffelchip in den Mund.

»Danke«, sagte Filippa und spürte, wie ihre Wangen sich wärmten.

Mehrere Leute am Tisch murmelten und nickten zustimmend.

»Obwohl …«, hörte Filippa Anna Doody sagen. »*Eigentlich* hat Donatella ja gesagt, es ginge bei der Übung darum, *den Raum* zu nutzen – ›den Raum hier drinnen‹, hat sie wörtlich gesagt. Davon, dass man den Raum verlassen darf, war nie die Rede. Sonst wären doch wohl alle rausgerannt.«

Doing! Doing! Doing! klang es, als Filippa mit der Plastikwasserflasche auf Anna Doodys Kopf einschlug. Jedenfalls in Filippas Vorstellung. Aber natürlich hatte Anna Doody recht. Wie hatte sie nur eine derart einfache Anweisung missverstehen können?

»Und wisst ihr, was sie sich bei einem Schauspieler immer überlegen?«, fuhr Anna Doody fort.

Die ganze Cafeteria schien den Atem anzuhalten, damit auch alle hören konnten, was sie sagte. Wahrscheinlich hielt ganz London den Atem an, und irgendwo im Buckingham Palace saß die Königin, Elisabeth II., und hielt mit angehaltenem Atem ihre Teetasse in die Luft. Anna Doody nahm einen niedlichen kleinen Schluck aus ihrer Flasche Wasser, als wollte sie den Augenblick noch ein wenig genießen.

»Zwei Dinge«, sagte sie und hielt dazu Zeige- und Mittelfinger hoch, schließlich studierte man hier die Schauspielerei und nicht Mathematik. »Der Regisseur, der Dramaturg, die Schauspiellehrer, alle überlegen sich, erstens: Will ich mit dieser Person arbeiten?« Kurze Pause. »Und zweitens: Hört die Person auf Anweisungen?«

Anna Doody schenkte Filippa ein kleines mitleidiges Lächeln.

Als die Viertelstunde um war und alle wieder im großen Raum versammelt waren, hatte sich die Stimmung noch einmal verändert. Sie waren jetzt aufgewärmt, sie kannten einander ein wenig besser, und sie wussten, dass sie nur noch 45 Minuten Zeit hatten, Donatella und Hugh so zu beeindrucken, dass sie für einen Platz an der Royal Drama School infrage kamen. Für Filippa fühlte es sich an, als schwämme sie in einem großen Aquarium, in dem 24 blutrünstige Haie kreisten und nur darauf warteten, sich auf das schwächste Beutetier zu stürzen.

Als Letzte kamen Donatella und Hugh zurück. Ohne dass Donatella etwas sagen oder in die Hände klatschen musste, beeilten sich alle, wieder einen Sitzkreis zu bilden. Der sonderbare Junge war der Einzige, der es nicht eilig hatte.

»Ich hoffe, es gab genug zu essen und zu trinken«, sagte Donatella, und manche nickten eifrig. »Für die letzte Übung bekommt ihr alle einen Zettel, auf dem entweder ›wahr‹ oder ›gelogen‹ steht. Ihr habt dann fünf Minuten Zeit, euch an eine wahre Geschichte zu erinnern, wenn auf eurem Zettel ›wahr‹ steht, oder euch eine Geschichte auszudenken, wenn auf dem Zettel ›gelogen‹ steht. Sie darf so oder so nur zwei Minuten lang sein. Nicht länger. Danach werden wir uns die Geschichten der Reihe nach anhören. Irgendwelche Fragen?«

Der dicke Junge hob die Hand. Donatella nickte.

»Wie wisst ihr, ob wir die Wahrheit sagen oder irgendwas erfinden? Man kann ja über etwas Wahres die Unwahrheit sagen und vice versa«, sagte er. »Nicht dass ich das vorhätte, ich frag nur, auch für die andern.«

Ein paar im Kreis kicherten.

»Du hast recht, wir wissen es nicht«, sagte Donatella. »Wir müssen einfach hoffen, dass ihr die Herausforderung annehmt und macht, was auf dem Zettel steht.«

»Ich besitze seherische Fähigkeiten, also Vorsicht!«, sagte Hugh und wackelte mit dem Zeigefinger. Es war das erste Mal während des ganzen Workshops, das er etwas sagte.

Donatella zog kleine zusammengefaltete Zettel aus einem lila Stoffsäckchen und teilte sie aus.

Filippa faltete ihren Zettel auseinander und las: »gelogen«.

Sie hatte auf »wahr« gehofft, weil sie es viel einfacher fand, von etwas zu erzählen, was wirklich passiert war. Irgendwo hatte sie gelesen, dass Menschen, wenn sie logen, viel zu viele Pausen machten, einen flackernden Blick bekamen und sich zu hektisch bewegten. Oder sie saßen zu still da und blinzelten auch viel zu selten. Es gab einen guten Grund, warum Schauspieler Schauspielschulen besuchten: Sie mussten lernen, anderer Leute Worte und Sätze so zu sprechen, als wären es ihre eigenen wahren.

Filippa schaute nach den anderen und sah, dass manche sich schon zurückgezogen und begonnen hatten, leise vor sich hin zu murmeln. Der sonderbare Junge hatte sich auf den Boden gelegt und sah aus, als wäre er eingeschlafen. Anna Doody saß nachdenklich auf einem der Stühle, und ein Junge stand schon an einem der Fenster und deklamierte. Filippa schaute auf ihren Zettel und fragte sich, was sie bloß erfinden könnte. Sie war wieder der fantasielose Stein. Sollte sie vielleicht doch die wahre Geschichte erzählen, wie sie sich einmal eine Erbse in die Nase gesteckt hatte? Oder wie ihre kleine Schwester einmal Moses im Schilf sein musste? Oder wie sie selbst vom Dach fliegen wollte, obwohl Linus-Ida gesagt hatte, dass Fliegen Sünde sei? Wie bekannt war eigentlich Astrid Lindgren bei den Engländern?

»So, wenn ihr euch bitte alle wieder im Kreis hinsetzen würdet«, sagte Donatella.

Waren die fünf Minuten schon vorbei? In welchem parallelen Universum? Manche stöhnten leise oder lächelten nervös. Der sonderbare Junge machte die Augen auf und setzte sich wieder hin.

»Möchte jemand anfangen?«, fragte Donatella.

Das Modelmädchen hob die Hand in die Höhe, und alle anderen sahen erleichtert aus. Ihre Geschichte handelte davon, wie sie und ihre Freundin in Australien herumgereist waren und in einem Pub in Tennant Creek ein schrecklich nettes britisches Pärchen kennengelernt hatten. Später erfuhren sie, dass der Mann ermordet worden war, während es dem Mädchen mit knapper Not gelungen war zu fliehen – und auf genau der Geschichte baute der Horrorfilm *Wolf Creek* auf.

»Das war meine Geschichte«, sagte das Modelmädchen.

»Wahr oder gelogen?«, fragte jemand.

Donatella hob die Hand. »Bevor wir dazu kommen«, sagte sie, »möchte ich, dass ihr selbst – ihr alle hier – sagt, ob ihr die Geschichte für wahr oder erfunden haltet.«

»Sie klang ganz realistisch«, sagte das rothaarige Mädchen.

Mehrere in der Runde nickten.

»Mich hat sie auch überzeugt«, sagte ein Junge und schenkte dem Modelmädchen ein Lächeln.

»Sie war in Australien, aber sie kann niemals das britische Pärchen getroffen haben.«

Alle schauten den sonderbaren Jungen an, der ansatzlos zu sprechen begonnen hatte.

»Der Film *Wolf Creek* kam 2005 in die Kinos, und der Mann verschwand ein paar Jahre davor. Da sie«, er zeigte auf das Modelmädchen, »kaum älter als zwanzig sein kann, hätte sie die Reise mit der Freundin machen müssen, als sie ungefähr zehn war. In dem Fall müsste sie schon sehr liberale Eltern haben.«

Jemand lachte, und das Modelmädchen verpasste dem sonderbaren Jungen einen mörderischen Blick.

»Wie gesagt«, sagte Donatella, »ich möchte nicht, dass du jetzt schon verrätst, was auf deinem Zettel steht. Das machen wir erst ganz zuletzt. – Können wir bitte die nächste Geschichte hören? Danke.«

Es folgten mehrere Geschichten, von denen manche wahr klangen und andere nicht. Offensichtlich aber war, dass alle, die sie erzählten, Routine darin hatten, die Aufmerksamkeit auf sich zu ziehen. Wahrscheinlich waren sie allesamt schon an ihrer Schule Bühnenstars gewesen. Ein Mädchen zeigte ihren komplett von schnurgeraden Narben bedeckten Unterarm und erzählte, dass sie während eines Schüleraustauschs in Kalifornien von einem kleineren Tigerhai angegriffen worden sei. Alle waren schwer beeindruckt, bis der sonderbare Junge darauf hinwies, dass Haie geriffelte Zähne hätten, weshalb ein

Haiangriff niemals derart gerade Narben hinterlassen könne. Außerdem attackierten Tigerhaie Menschen äußerst selten und nur, wenn sie provoziert würden. Dann war Anna Doody dran.

»Meine Mutter trinkt. Viel«, begann sie. »An einem guten Tag beginnt sie erst um die Mittagszeit, dann besteht die Chance, dass man sich beim Mittagessen noch normal mit ihr unterhalten kann. An einem schlechten Tag beginnt sie schon morgens um acht. Dann gibt es normalerweise gar kein Mittagessen. Als ich jünger war, hab ich versucht, den klaren Sprit, wie Wodka oder Gin, mit Wasser zu verdünnen, damit sie nicht so schnell besoffen wird, aber dann fing sie leider an, Rotwein zu trinken.«

Anna Doody erzählte weiter, wie sie eines Tages nach Hause gekommen war und ihre Mutter im Kleiderschrank ihres Vaters gefunden hatte. Ihre Mutter war mit einer Schere in der einen und einer Flasche Shiraz in der anderen Hand darin eingeschlafen. Vorher hatte sie sämtliche Anzüge und Hemden des Vaters zerschnitten.

»Aber das Schlimmste war«, sagte Anna Doody, und an der Stelle brach ihre Stimme, »dass sie, als sie wieder wach war, nicht mal mehr wusste, *warum* sie es getan hatte. Sie war nicht sauer auf meinen Vater oder so. Sie hatte einfach nur alle seine Kleider zerschnitten.«

Jetzt begann Anna Doody zu weinen, und das Mädchen neben ihr legte den Arm um sie.

»Wahr«, murmelte jemand leise, und alle nickten.

Einige schauten zu Boden. Die Stimmung war ernst geworden.

»Du bist dran«, sagte Donatella und zeigte auf Filippa.

Filippa räusperte sich. Niemals würde sie eine derart herzergreifende Geschichte toppen können. Das Beste war, genau die entgegengesetzte Richtung einzuschlagen.

»Meine Schwester ist zehn Jahre jünger als ich«, begann sie, »und als wir kleiner waren, musste ich auf sie aufpassen, wenn meine Eltern zum Beispiel auf ein Fest gingen. Wenn sie dann schrie und nicht damit aufhören wollte, hab ich ihr gedroht, sie in den Backofen zu stecken.«

Manche in der Gruppe lachten, und sogar Donatella sah amüsiert aus.

»Eines Samstags, als wir allein zu Hause waren und meine Schwester wieder nicht aufhörte zu schreien, weil sie Eis haben wollte, hab ich sie wirklich in den Backofen gesteckt und ihn eingeschaltet.«

»Du hast *was?*«, platzte es aus jemandem heraus.

»Den Backofen eingeschaltet«, sagte Filippa. »Aber ich hatte am falschen Knopf gedreht und stattdessen eine der Herdplatten eingeschaltet, und der Topf Makkaroni, der draufstand, ist natürlich angebrannt. Zu dem Zeitpunkt hatte meine Schwester aber schon aufgehört zu schreien und wieder rausgedurft aus dem Backofen, und wir guckten gemütlich zusammen fern. Als dann der Feuermelder anging, kam einer der Nachbarn gerannt und schmiss ein Geschirrhandtuch über den Topf. Als meine Eltern nach Hause kamen, waren sie so fertig, dass wir beide so viel Eis bekamen, wie wir wollten.«

Viele fingen jetzt an zu lachen, und alle schienen erleichtert, dass die ernste Stimmung nach Anna Doodys Geschichte wieder verflogen war.

»Wahr!«, rief jemand.

»Zu krank, um nicht wahr zu sein«, sagte ein anderer.

»Ich fand, sie hat ein bisschen zu sehr die Hände eingesetzt.

Und wie soll eigentlich der Nachbar in die Wohnung oder das Haus gekommen sein, um das Feuer zu löschen?«, sagte Anna Doody. »Ich glaub nicht, dass die Geschichte wahr ist.«

Filippa tat so, als ließe sie die Kritik unberührt. Donatella und Hugh flüsterten miteinander, dann räusperte sich Donatella.

»Wir haben jetzt alle eure Geschichten gehört, und ich möchte mich zuerst bei euch bedanken, dass ihr so unterhaltsam wart«, sagte sie.

»Erfahren wir noch, wer gelogen und wer die Wahrheit gesagt hat?«, fragte der dicke Junge.

»Selbstverständlich«, sagte Donatella. »Könnten bitte alle, die einen Zettel hatten, auf dem »wahr« stand, die Hand heben.

Alle schauten neugierig in die Runde, aber niemand hob die Hand.

»Dann bitte alle, die einen Zettel hatten, auf dem ›gelogen‹ stand«, sagte Donatella.

Langsam ging eine Hand nach der anderen in die Höhe.

»Was? Wir haben *alle* gelogen?«, brach es aus dem dicken Jungen heraus. »Wir hatten *alle* Zettel, auf denen ›gelogen‹ stand?«

Manche sahen reichlich verdutzt aus, während andere lachten.

»Wow, ich war mir sicher, dass deine Geschichte wahr ist«, sagte ein Junge zu Anna Doody, die ihn dafür anlächelte.

»Ihr habt uns ausgetrickst«, sagte jemand halb im Scherz.

»Ich möchte mich bei euch bedanken, dass ihr zu diesem Workshop gekommen seid«, sagte Donatella. »Dieses Mal werden wir euch schneller mitteilen, ob ihr weitergekommen seid oder nicht.« Sie und Hugh standen auf. »Aber auch wenn die Royal Drama School euch dieses Mal keinen Platz anbieten kann«, fuhr sie fort, »gebt nicht auf! Versucht es einfach noch mal! Der einzige Weg, um herauszufinden, ob etwas gelingt, ist, es zu versuchen.«

Mit diesen Worten zogen sie und Hugh sich zurück. Das zweite Vorsprechen war vorüber. (Wahr.)

15

25 junge Menschen kamen aus der Royal Drama School auf die Straße getaumelt und blinzelten in die Sonne. Es sah aus, als hätte man sie mitten aus einem Traum in die raue Wirklichkeit geworfen.

Manche zündeten sich eine Zigarette an oder setzten sich auf die Treppe, um tief Luft zu holen. Andere stürzten sofort los, die Handys in der Hand, um Nachrichten abzuhören oder jemanden anzurufen, dem sie erzählen wollten, wie es gelaufen war.

»Die machen echt ernst«, sagte ein Junge.

»Ich fand das mit den Zetteln ein bisschen unfair«, sagte das rothaarige Mädchen, das dastand und an einer Mentholzigarette zog.

»Wusstest du das mit den Zetteln nicht?«, fragte Anna Doody. »An der RoyDram machen sie das doch jedes Jahr.«

Filippa stand dabei und aß den Apfel, den sie sich in der Cafeteria gekauft hatte. Sie hatte noch eine Stunde bis zu ihrem Date mit Rob, dem Geschäftsmann, und selbst zu Fuß waren es zum Centre Point nur zwanzig Minuten.

»Gebt nicht auf! Versucht es einfach noch mal«, sagte der dicke Junge. »Gebt nicht auf! Ihr werdet sowieso NIE EINEN PLATZ AN DER ROYDRAM BEKOMMEN!«

Filippa und die anderen, die sich auf der Treppe versammelt

hatten, lachten. Nach den intensiven drei Stunden tat es gut, über die RoyDram zu lachen.

»Habt ihr schon mal daran gedacht, dass das hier nur der Anfang ist?«, sagte das rothaarige Mädchen. »Dass das alles noch gar nichts ist im Vergleich mit den tausend Castings, zu denen wir müssen, wenn wir mit der Schauspielschule fertig sind?«

»Shit«, sagte einer. »Noch mal 45 Jahre Vorsprechen. Hurra!«

Die um ihn herum lachten.

»Wie hast du die Narben eigentlich wirklich bekommen?«, fragte Filippa das Mädchen mit den Narben, das sich neben sie gestellt hatte.

Das Mädchen zog den Jackenärmel hoch und zeigte wieder ihren Unterarm. Die über zwei Dutzend geraden dunklen Linien, die ihn bedeckten, waren draußen in der Sonne noch besser zu erkennen.

»Als ich klein war, bin ich in einem Kaufhaus in Manchester mit dem Mantel an der Rolltreppe hängen geblieben. Fast der ganze Arm war unter der Rolltreppe, bis sie es schafften, sie abzustellen«, sagte sie und zog den Jackenärmel wieder nach unten. »Ich war noch nie in Kalifornien, und ich wusste auch nicht, dass Haie geriffelte Zähne haben.«

Wieder lachten alle, und Filippa wünschte sich, der Augenblick ginge nie zu Ende. Es war so wunderbar, mit den anderen vor der Royal Drama School zu stehen und Witze zu machen. Es war, als wären sie schon angenommen.

»Also ich muss jetzt zur Arbeit«, sagte das rothaarige Mädchen und drückte ihre Zigarette an der Treppenstufe aus. »Tschüss, ihr Talente, und vielleicht bis September!«

»Bis September!«, antworteten die anderen.

»Wie viele kommen eigentlich nach dem zweiten Vorsprechen weiter?«, fragte Filippa.

Der dicke Junge runzelte die Stirn. »Prozentual gesehen, müssten es von heute zwei oder drei sein«, sagte er. »Vielleicht sogar nur einer. Oder gar keiner. Sie haben noch mehr Vorsprechtermine.«

»Du hast auf jeden Fall größere Chancen als wir anderen«, sagte Anna Doody zu Filippa.

Filippa freute sich darüber so sehr, dass sie spürte, wie sich ihr Gesicht bis zum Haaransatz verfärbte.

»Danke«, murmelte sie und biss heftig in den Apfel, weil sie hoffte, so könne sie ihren plötzlichen Farbwechsel vertuschen.

»Das mit dem Runterrennen auf die Straße war wirklich cool«, sagte ein Junge.

»Das war's aber nicht, was ich meinte«, sagte Anna Doody. »Du kommst aus Schweden, stimmt's?«

Filippa nickte.

»Und die RoyDram muss eine bestimmte EU-Quote erfüllen«, sagte Anna Doody. »Das heißt, sie müssen immer eine bestimmte Anzahl Schüler aus den anderen EU-Ländern haben. So wie sie auch eine bestimmte Anzahl Schüler aus Nicht-EU-Ländern haben müssen. Damit sie nicht dafür belangt werden können, dass sie Menschen aus Großbritannien bevorzugen.«

Damit war Filippas Anna-Doody-Toleranz für heute ausgeschöpft. Sie blieb noch, bis sie ihren Apfel zu Ende gegessen hatte, und sagte dann Tschüss.

Während sie die Tottenham Court Road hinunterlief, entdeckte sie auf ihrem Handy fünf Anrufe in Abwesenheit – alle von Mr Burke. Sie spürte sofort einen harten Knoten im Magen, rief aber trotzdem zurück.

»Hallo, Mr Burke. Filippa hier. Ich sehe gerade, dass sie versucht haben, mich zu erreichen.«

»Ich will mein Geld«, sagte Mr Burke langsam und deutlich.

»Aber …«, begann Filippa. »Sie haben ihre Miete doch vor ein paar Tagen bekommen!«

Mr Burke antwortete nicht. Das Einzige, was Filippa hörte, waren der Verkehr um sie herum und Sirenen irgendwo weit weg.

»Mr Burke?«

»Ich will mein Geld«, wiederholte er.

»Aber Sie haben die Miete für Juli am Samstag bekommen«, sagte Filippa.

Die Sirenen wurden lauter, und sie sah ein Polizeiauto vorüberfahren.

»Erinnern Sie sich nicht? Sie haben sogar eine Quittung unterschrieben. In der Küche.«

Mr Burke antwortete nicht gleich. Und als er zum dritten Mal sagte, dass er sein Geld wolle, drückte Filippa auf die Taste und beendete das Gespräch. Ihr war, als hätte sie jemand mit kaltem Wasser übergossen, und zu dem Knoten im Magen gesellte sich Angst. Dass unter Mr Burkes Pelzmütze nicht alles in Ordnung sein konnte, bewiesen schon die Sonnenbrille und der dicke Wintermantel, aber dass es ihr auf diese Weise bestätigt worden war, erschreckte sie. Ihr wieder eingeschaltetes Handy klingelte, und als sie sah, dass es wieder Mr Burke war, ging sie erst gar nicht dran. Ihre gute Laune wich Besorgnis. Warum hatte er sie und nicht Malin oder Bridget angerufen?

Die Kreuzung Oxford Street und Tottenham Court Road war voller Touristen im Kaufrausch. Eine lange Schlange wand sich vor dem Gebäude, in dem das Queen-Musical *We Will Rock You* aufgeführt wurde. Menschen kamen von der U-Bahn oder verschwanden in der U-Bahn und in den umliegenden Geschäften. Ein paar begeisterte Radfahrer und künftige Organspender rasten durch den dichten Verkehr.

Schließlich erreichte Filippa den Ort, an dem sie sich mit Rob, dem Geschäftsmann, verabredet hatte: Gio's Cafeteria, die sich als ziemlich schäbiger Laden mit billigen Plastiktischen und -stühlen und hellgrünen schmuddeligen Wänden herausstellte. Abgesehen von hausgemachtem Eis, das bei dem warmen Wetter die größte Attraktion zu sein schien, gab es Sandwiches, Chips, Schokolade, Nudelsalat und Getränke. Filippa kaufte sich einen Orangensaft und setzte sich an einen Tisch, von dem aus sie eine gute Aussicht auf einen Stripklub und ein Zeitungskiosk auf der anderen Straßenseite hatte. Danny White hätte niemals einen solchen Ort vorgeschlagen. Er hätte sie zu einem Mitternachtspicknick in einem Heißluftballon eingeladen und Filippa mit jeder Sternschnuppe am Nachthimmel verglichen. Um später einen Song darüber zu schreiben.

»Da bist du ja«, sagte eine Stimme, und Filippa schaute hoch.

Es war Rob. Diesmal machte er einen deutlich weniger derangierten Eindruck, und zu Filippas Erleichterung sah sie auch nirgendwo Schweißflecken. Wie an dem Abend in der Embassy Bar trug er einen teuer aussehenden Anzug, ein hellblaues Hemd und eine Krawatte. Jetzt im Tageslicht sah man auch, wie braun er war, und Filippa war sich noch sicherer als bei ihrem ersten Treffen, dass die Bräune eher aus dem Solarium als von einem Urlaub in der Sonne stammte. Er sah aus wie ein frecher, aber charmanter großer Junge, der den Erwachsenen spielte. Filippa musste gegen den Impuls ankämpfen, einmal nachzufühlen, ob seine gestylten mittelblonden Haare wirklich so bretthart von Styling-Gel waren, wie es den Anschein hatte.

»Hallo«, sagte Filippa. »Übrigens heiß ich nicht Esmeralda, sondern Filippa.«

»Ich weiß«, sagte Rob. »Du hast es mir erzählt, nachdem du mir auf dem Weg zum Dönerladen das Gel aus den Haaren wringen wolltest.«

Filippa schluckte und hoffte, dass ihre Wangen noch nicht gleich die Farbe wechselten.

»Komm, lass uns irgendwo anders hingehen!«, sagte Rob. »Der Laden hier ist viel touristischer, als ich es in Erinnerung hatte. Und sauberer war er zu meiner Zeit auch.«

»Deiner Zeit?«

»Während des Studiums hab ich hier an den Wochenenden gejobbt. Komm!«

Filippa und Rob verließen Gio's Cafeteria und gingen die Charing Cross Road entlang.

»Hab ich am Freitag noch mehr gemacht, worüber ich besser Bescheid wissen sollte?«, fragte Filippa.

»Nein, leider nicht. Und nach der Heulattacke, als du dir den Döner auf den Pulli gekippt hast, warst du plötzlich verschwunden«, sagte Rob. »Deine Freundin, die Kleine mit den struppigen Haaren, hat mir dann deine Nummer gegeben.«

Hinter dem Queen's Theatre mit der Reklame für das Musical *Les Miserables* wehte ihnen plötzlich der Geruch von frittiertem Essen und dampfgegartem Reis entgegen. Er wurde immer stärker, je näher sie den chinesischen Restaurants in Chinatown kamen. Filippas Magen knurrte, und ihr wurde bewusst, dass sie tatsächlich nur den Apfel aus der Cafeteria der Roy-

Dram gegessen hatte. Wow, sie war schon Die-die-nur-einen-Apfel-isst geworden.

»Bist du hungrig?«, fragte Rob

»Ja, tatsächlich«, sagte Die-die-nur-einen-Apfel-isst-bevor-sie-doch-noch-was-anderes-isst.

»Warst du schon mal im Wong Kei? In der Wardour Street?«

Filippa schüttelte den Kopf. Um sie herum eilten in alle Himmelsrichtungen Menschen, froh, dass der Arbeitstag zu Ende war, auf dem Weg nach Hause vor den Fernseher.

»Sie haben die unverschämtesten Kellner von ganz London, aber richtig gutes chinesisches Essen«, sagte Rob. »Das *muss* man erlebt haben.«

Während sie durch China Town gingen, starrte Filippa in die Restaurantfenster, wo gegrillte Enten mit Haut, so hart wie Leder, und mit hängenden Köpfen aufgereiht hingen.

»Was machst du eigentlich?«, fragte Filippa. »Ich meine, was arbeitest du?«

»Ich bin bei der Stadt London angestellt, um im Anzug durch die Straßen zu laufen, damit die Touristen glauben, dass es der britischen Wirtschaft gut geht.«

Filippa lachte laut, und Rob hob seine schwarze Aktentasche.

»Ich schwöre, sie ist voller Prospekte über Madame Tussauds Wachsfigurenkabinett oder *The Lion King*, falls mich jemand danach fragen sollte.«

»Und? Kriegt ihr's normalerweise hin, sie hinters Licht zu führen?«, fragte Filippa.

»Leider nicht«, sagte Rob. »Darum zwingen sie mich auch, fünf Tage die Woche in ein Büro in der City zu gehen. Dort ketten sie mich an einem Computer fest, und ich muss mich mit den Versicherungsproblemen von Kleinunternehmen herumschlagen. Hin und wieder bekomme ich dafür Wasser und Brot.«

Filippa lachte wieder.

»Ich bin froh, dass du heute Freigang hast.«

»Ich auch«, sagte Rob und lächelte.

Am Wong Kei angekommen, mussten sie sich hinter einem übergewichtigen amerikanischen Paar in eine Schlange einreihen. Die beiden trugen die gleichen dunkelblauen Hosen mit Gummibund und hatten ihre Wertsachen in Bauchtäschchen verstaut. Als Filippa und Rob an der Reihe waren, führte ein hagerer chinesischer Kellner sie zu einem Tisch im zweiten Stock, den sie sich mit einem anderen Paar teilen mussten. Die Tischdecke hatte ölige Flecken, und auf dem Boden neben Filippas Stuhl lag ein kleiner Klumpen Reis. Wortlos reichte ihnen der Kellner Speisekarten und verschwand. Eine Sekunde später kam er mit grünem Tee zurück und verschwand wieder.

»Ich bin enttäuscht«, sagte Filippa. »Er war gar nicht so unverschämt, wie du versprochen hast.«

Rob schaute sie über die Speisekarte hinweg vielsagend an.

»Wart's ab, bis er dir die Augen mit Essstäbchen aussticht, weil du nicht schnell genug weißt, was du essen willst.«

Als der Kellner zurückkam, bestellten sie Frühlingsrollen und Wantan-Suppe als Vorspeise, als Hauptspeise nahm Filippa süßsaures Huhn und Rob geschmorte Ente. Der Kellner nahm ihre Bestellung mit gleichgültiger Miene hin. Er machte ein paar kryptische Striche auf seinen kleinen Notizblock und schaute dabei zum Fenster hinaus.

»Jetzt möchte ich gern ALLES über dich wissen«, sagte Rob, als der Kellner gegangen war.

Filippas von der Bestellung etwas angespannte Miene hellte sich auf.

»Heute hatte ich das zweite Vorsprechen bei der Royal Drama School«, sagte sie.

»Der Royal Drama School?«, sagte Rob. »Ist das nicht die, auf der alle bekannten englischen Schauspieler waren?«

»Neunzig Prozent der Schauspieler in den Harry-Potter-Filmen zum Beispiel«, sagte Filippa und nickte. »Abgesehen von den Kindern, natürlich.«

Rob schien beeindruckt. »Dann musst du ziemlich begabt sein«, sagte er.

Aus reiner Gewohnheit war Filippa kurz davor, ihm zu widersprechen, aber sie konnte sich in letzter Sekunde bremsen. Sie hatte es schließlich bis zum zweiten Vorsprechen bei der Roy-Dram geschafft, und die meisten waren von ihrer Idee, auf die Straße zu rennen, beeindruckt gewesen. Vielleicht sollte sie Komplimente auch mal annehmen.

»Ich hab meine hellen Momente.«

»Und woher weiß ich, ob du die Wahrheit sagst?«, fragte Rob.

»Was meinst du? Ob ich wirklich beim zweiten Vorsprechen war?«

»Nein, ich meine überhaupt«, sagte Rob. »Woher weiß ich, ob du ehrlich bist oder nur so tust als ob? Schauspieler können so was ja sehr gut, stimmt's?«

Filippa schaute Rob an und versuchte zu verstehen, in welche Richtung ihre Unterhaltung steuerte. Neben ihnen hatte das andere Paar bezahlt, und sie saßen allein am Tisch.

»Du meinst, ich könnte auch jetzt gerade so tun als ob?«, fragte sie. »Mit dir?«

Rob zuckte die Achseln.

»Vielleicht«, sagte er. »Kann man Schauspielern trauen?«

»Ja, das kann man sehr wohl«, sagte Filippa und spürte plötzlich Zorn in sich aufsteigen. »Meinst du wirklich, dass man Schauspielern nicht trauen kann, wenn sie was sagen?«

Genau da kam der Kellner mit der Suppe und den Frühlingsrollen.

»Im Mittelalter durften Schauspieler nicht mal auf kirchlichen Friedhöfen begraben werden«, sagte Rob. »Sie wurden an Wegkreuzungen mit einem Holzpfahl durchs Herz begraben. Das weiß ich noch aus der Schule.«

Er schlürfte Suppe, während Filippa in eine der Frühlingsrollen biss und feststellte, dass sie nach kaum etwas schmeckte. Sie warf Rob wütende Blicke zu, kam aber zu ihrem Leidwesen nicht auf irgendwelche Gegenargumente. *(Das Grab der weltberühmten Schauspielerin Filippa Karlsson befindet sich an der Kreuzung Grafton Road/Queen's Crescent. Der Punkt über dem ersten i auf ihrem Grabstein fungiert zugleich als Knopf für die dortige Fußgängerampel.)*

»Apropos Schule und komische Leute«, sagte Rob. »In meiner Klasse gab es einen komischen Jungen, wenn der dachte, dass es niemand sieht, hat er anderer Leute Radiergummis aufgegessen und …«

Filippa hatte ihre Frühlingsrollen aufgegessen und begann mit dem süß-sauren Huhn, während sie Rob zuhörte. Vielmehr hörte sie eigentlich nicht zu, sondern wurde mit jedem seiner Worte gereizter. Hatte er nicht ALLES über sie wissen wollen? Und jetzt reichte ein klitzekleines Ereignis aus ihrem Leben, um ihn dazu zu bringen, von sich selbst zu reden? Genau wie dieser Südafrikaner, Marcus, der sie mit seinen langen Monologen darüber, warum er London so liebte, fast bewusstlos gelabert hatte. Plötzlich vermisste Filippa Danny White so sehr, dass es sich anfühlte, als hätte sie mitten im Brustkorb ein riesengroßes Loch. Sie schaute über den Tisch und wünschte sich, dort säße er und nicht der Geschäftsmann Rob, der jetzt Stücke von der Ente riss und sie sich unterm Reden in den Mund stopfte. Danny White hätte über das verlorene Leben der Ente gesprochen und darüber, wie alle Menschen im Hamsterrad des Lebens schmoren. Um später einen Song darüber zu schreiben.

»Du bist süß, weißt du das?«, sagte Rob.

Filippa erwachte aus einem Traum, in dem sie und Danny White nach China fuhren, um alle in Gefangenschaft lebenden Enten zu befreien. Die kleinste Ente hatten sie adoptiert und Little Jim genannt, nach Jimi Hendrix.

»Was hast du gesagt?«

»Du bist süß, hab ich gesagt«, wiederholte Rob.

»Danke«, murmelte Filippa. Das Kompliment war so unerwartet gekommen, dass sie Danny White für ein paar Sekunden fast vergaß. Auch die wachsende Wut auf Rob verschwand vorübergehend.

Sie hatten jetzt beide zu Ende gegessen, und der hagere Kellner hatte ihre Teller, Schalen und Teetassen eine Sekunde, nachdem Rob den letzten Bissen gegessen hatte, weggeräumt. Er sah aus, als wollte er ihnen jede Sekunde die Stühle wegziehen. Filippa hatte zu dem Zeitpunkt so viel Grüntee getrunken, dass es in ihr schwappte.

»Entschuldigung«, sagte sie und stand auf.

»Sicher«, sagte Rob. »Wir sehen uns draußen, ich zahle inzwischen.«

»Danke.«

Nachdem Filippa von der nicht wirklich sauberen Toilette

kam und auf die Straße trat, überreichte Rob ihr eine Rose. Ein paar Schritte entfernt sah sie den Rosenverkäufer mit Turban, der schon einem anderen Paar eine seiner Rosen aus einem gelben Eimer zu verkaufen versuchte. Es war noch hell, und die Straßen wimmelten von Touristen, aber auch normalen Londonern, die es genossen, dass fast Wochenende war.

»Danke«, sagte Filippa und schnupperte an der Rose, weil sie ahnte, dass es das war, was von ihr erwartet wurde. Sie roch nach Benzin.

»Komm, lass uns in den Pub nebenan gehen!«, sagte Rob.

Eine Truppe junger Männer, die alle kurzärmlige karierte Fred-Perry-Hemden trugen, trampelte an ihnen vorbei.

»All right, lads, let's PARTY!«, schrie einer von ihnen, worauf die anderen »Hurra!« riefen.

»Danke, aber ich geh lieber nach Hause«, sagte Filippa. »Danke für das Abendessen. Und für die Rose!«

Rob streckte die Hand aus und strich ihr plötzlich sanft über die Wange. Das Ganze kam so unerwartet, dass Filippa ein leichtes Zittern ihrer Knie verspürte.

»Ich hab mich ein bisschen blöd benommen, oder?«, sagte Rob und nickte wie zur Bestätigung. »Ich hab zu viel über mich geredet, dabei ist mir mein eigenes Leben eigentlich scheißegal. Ich hätte dir zuhören sollen.«

Filippa war viel zu verdutzt, um etwas zu sagen.

»Ich war ein bisschen nervös. Verzeih mir!«

»Klar«, sagte Filippa. Ihre Wange brannte noch von Robs Berührung.

»Ich ruf dich wieder an«, sagte er. »Wenn du mir noch eine Chance geben würdest, würde ich … würde ich mich sehr freuen. Du darfst mich auch noch mal an den Haaren ziehen.«

»Okay«, sagte Filippa.

Rob beugte sich vor, und für eine Sekunde berührten seine Lippen ihre.

»Danke für den wunderbaren Abend!«, sagte er. »*Ich* war's, der sich blöd benommen hat.«

Als Filippa in Richtung Charing Cross Road ging, um den Bus nach Hause zu nehmen, wusste sie nicht wirklich, was sie fühlte. Ihr Date mit Rob war eine Achterbahnfahrt gewesen. Der ganze Tag war so gewesen, erst mit der RoyDram und dann dem Anruf von Mr Burke. Von der Joggingrunde am Morgen zu schweigen. Der, nach der sie ihre Mutter beseitigt hatte.

Filippa, die andere Leute sonst so gut in Schubladen einsortieren konnte, wusste plötzlich nicht mehr, was sie von Rob halten sollte. Das Einzige, was sie wusste, war, dass seine Berührung und der schnelle Kuss ein warmes Gefühl in ihr ausgelöst hatten.

16

Danach hielt sich Filippa, die offiziell in Schweden bei der Beerdigung ihrer Mutter war, drei Tage zu Hause auf. Sie konnte es schließlich nicht riskieren, dass jemand von der GH Media sie irgendwo in London herumspazieren sah, etwas, was sie während des Dates mit Rob vollkommen verdrängt hatte. (*»Der letzte Wunsch meiner Mutter war, dass ich süß-saures Huhn essen sollte.«*) Eingeschlossen in der Wohnung in Kentish Town kam sie sich vor wie eine Mafiosa in einem Zeugenschutzprogramm und überlegte ernsthaft, ob sie vielleicht ein Enthüllungsbuch anfangen sollte.

Am Freitag, Bridget war bei der Arbeit und Malin, die wieder aus Schweden zurück war, fing ein Praktikum an, schrubbte sie die Küche und das Badezimmer, saugte die komplette Wohnung und putzte sämtliche Fenster. Am Samstag las sie zwei Bücher zu Ende, dazu zwei Zeitungen und das ganze Wochenendmagazin des *Guardian*, dann zupfte sie sich die Augenbrauen, gönnte ihren Haaren eine Pflegepackung, lackierte Nägel (inklusive derer Bridgets und Malins), enthaarte ihre Beine und legte sich eine Gesichtsmaske auf. Am Sonntag war sie kurz davor, mit dem Kopf gegen die Wand zu laufen. Als ihr am Sonntagnachmittag das Essen ausging, hastete sie mit Sonnenbrille und Bridgets NY-Kappe auf dem gesenkten Kopf zum Eckladen. Sie kaufte gehetzt das Allernötigste und rannte zurück. Obwohl sie wusste, dass der Drache Sue im Süden Londons wohnte, war sich Filippa hundertprozentig sicher, dass ihr Quälgeist ein eingebautes Radargerät besaß, mit dem sie Kolleginnen, die krank spielten oder Trauerfälle vortäuschten und sich dennoch auf die Straße wagten, unweigerlich ertappte.

Als Filippa abends in der Küche stand, getrocknete Tomaten klein schnitt und kochendes Wasser über das Beste goss, was der Laden zu bieten gehabt hatte, nämlich Instant-Currynudeln, diskutierten sie, Bridget und Malin, was sie mit Mr Burke machen sollten.

»Wir müssen die Schlösser an der Wohnungstür austauschen«, sagte Bridget, die mit hoher Geschwindigkeit Silberzwiebeln hackte, wozu sie ein japanisches Messer benutzte, das außer ihr niemand anrühren durfte.

»Aber der flippt aus, wenn er herkommt und merkt, dass seine Schlüssel nicht mehr passen«, sagte Malin, die wie ihr eigener kleiner L'Oréal-Werbespot am kleinen Küchentisch saß.

Bridget widmete sich inzwischen einer roten Paprika, dass die Stücke nur so flogen.

»Dann müssen wir eben dafür sorgen, dass er keinen Grund mehr hat, seine eigenen Schlüssel zu benutzen«, sagte sie.

»Wie viel würde es denn kosten, die Schlösser auszutauschen?«, fragte Filippa und blies auf ihre Nudeln.

»Ich schätze, neunzig Pfund das normale und reichlich über hundert, wenn wir auch das zusätzliche Sicherheitsschloss austauschen«, sagte Bridget.

Filippa angelte sich mit der Gabel ein paar Nudeln und begann zu essen. Sie dachte an Mr Burkes komischen Anruf.

»Ich finde, wir machen's«, sagte sie. »Es ist viel Geld, aber andererseits teilen wir's ja durch drei.«

»Und was sagen wir, wenn er's rauskriegt?«, fragte Malin.

Filippa tauchte ein Stück getrocknete Tomate in die Nudeln, ein kulinarisches Experiment, das sie nie mehr wiederholen würde.

»Wir sagen, dass jemand versucht hat einzubrechen«, sagte sie, nachdem es ihr endlich gelungen war, das currysaucengetränkte Stück Tomate herunterzuschlucken. »Und dass sie dabei die Schlösser kaputt gemacht haben. Wir könnten ihn sogar darum bitten, uns die Auslagen für die neuen Schlösser zu ersetzen. Für so was ist, soviel ich weiß, der Vermieter zuständig.«

Bridget, die jetzt mit der Finesse eines preisgekrönten Kochs eine Salatsauce zubereitete, nickte.

»Und was, wenn er Schlüssel für die neuen Schlösser haben will?«, fragte Malin.

»Dann sagen wir, dass wir ihm selbstverständlich Schlüssel für die neuen Schlösser geben werden, und warten einfach ab«, sagte Filippa.

»Wir tauschen sie schon heute Abend aus«, sagte Bridget. »Dann brauchen wir uns keine Sorgen zu machen, wenn wir morgen alle weg sind.«

Gesagt, getan, sie riefen einen Schlüsseldienst an, und schon nach einer halben Stunde tauchte ein junger Pakistani auf. Eine Viertelstunde später zierten zwei blitzende neue Schlösser die Wohnungstür, und die Mädchen waren hundertfünfzig Pfund ärmer, weil der Einsatz am Wochenende extra kostete.

Am nächsten Morgen huschte Filippa schwarz gekleidet und nur minimal geschminkt in die Räume der GH Media. Zu ihrer Erleichterung saß nicht Emma, sondern wieder das andere

Mädchen am Empfang, sodass sie es bei einem schnellen Hallo belassen konnte, bevor sie in den Aufzug schlüpfte. Sie wusste, dass sie die Beileidsbekundungen nicht würde vermeiden können, aber sie wollte alles so lange wie möglich hinausschieben.

Wie gewöhnlich traf sie niemand anderen im siebten Stock, und Mr Hartley war noch nicht gekommen. Ihr Schreibtisch war etwas unordentlich, nachdem eine ihr nicht bekannte Kollegin am Donnerstag und Freitag daran gesessen hatte. Sie beschloss, erst einmal Ordnung in den herumliegenden Unterlagen zu schaffen, und probte währenddessen Meine-Mutter-ist-gerade-gestorben-Gesichter. (Kleine Augen? Große, verschreckte Augen? Harter Mund? Zitternder Mund?)

»Pippa«, sagte eine Stimme von der Tür.

Filippa schaute auf und sah Mr Hartley. Eine Sekunde später fragte sie sich, ob er sie möglicherweise hatte grimassieren sehen. Er kam zu ihr und schüttelte ihr die Hand.

»Mein Beileid«, sagte er.

»Danke«, sagte Filippa. Traurige Augen/schwaches Lächeln/hängende Schultern.

Mr Hartley sah sie an.

»Ich selbst habe letztes Jahr meine Mutter verloren und weiß, was es für einen Schmerz bedeutet und welchen Verlust.«

»Danke«, sagte Filippa.

»Ich schätze es sehr, dass du so schnell wieder zur Arbeit kommst«, sagte er und verschwand in seinem Büro.

Filippa atmete tief durch. Es ging doch leichter, als sie erwartet hatte.

Eine Minute später tauchte Emma auf. Sie hatte einen kleinen Blumentopf mit zartlila Blumen in der Hand.

»Tess hat mir erzählt, dass du schon im Büro bist. Ich wollte dich nur umarmen«, sagte Emma und tat es auch gleich.

»Danke«, sagte Filippa.

»Die hier sind für dich«, sagte Emma und gab ihr den Blumentopf.

»Wie hübsch!«, sagte Filippa. »Wie lieb von dir!«

Und plötzlich begann Emma zu weinen.

»Es … tut … mir … so … leid … für … dich!«, schluchzte sie. »Deine arme Mutter.«

Für die schrecklichste Person der Welt muss es gar niemandem leidtun, dachte Filippa, beeilte sich aber, Emma zu umarmen und ihr den Rücken zu tätscheln, damit sie aufhörte zu weinen.

»Bitte, Emma, nicht weinen!«, bat Filippa.

»Aber es ist so furchtbar. Deine Mutter!«

»Aber … weißt du … es war ganz okay. Es ist gut, dass sie gestorben ist!«

»Wieso ›gut‹?«, schniefte Emma.

»Wir waren uns nicht besonders nah«, sagte Filippa. »Wenn ich darüber nachdenke, war sie eigentlich ein böser Mensch.«

Emma hatte sich ein wenig beruhigt und starrte Filippa mit großen Augen an.

»Ich durfte nie Freunde nach Hause bringen und … sie hat mich immer gekniffen und solche Sachen.«

»Hat dein Vater nichts unternommen?«

»Er war noch schlimmer«, sagte Filippa. »*Beide* waren schlimm. Das war auch der Grund, warum ich nach London gezogen bin. Um von meinen Eltern wegzukommen.«

Emma warf sich fast auf Filippa und hielt sie eisern fest. »Du bist so tapfer!«, sagte sie. »Du bist wahrscheinlich der stärkste Mensch, den ich jemals getroffen habe.«

»Ganz bestimmt nicht«, sagte Filippa und meinte es vollkommen ernst. »Aber danke.«

Später am Vormittag bekam Filippa dann eine Mail von Andrew und Angela aus der Internen Revision, die fragten, ob sie mit ihnen zum Lunch kommen wolle. Erfreut über die Einladung sagte Filippa zu, und sie machten aus, dass sie die beiden abholen würde, sobald Mr Hartley zum Lunch gegangen war.

Als Filippa in den zweiten Stock kam, spürte sie sofort, dass etwas anders war. Zum einen hatte jemand ein Fenster geöffnet, was der Drache Sue streng verboten hatte. Sie hatte sogar ein Plakat an eins der Fenster geklebt: »Liebe Kolleginnen und Kollegen! Offene Fenster = Durchzug = kaputte Fenster. Bist DU es, der neue Fenster bezahlen will?« Das Verbot hatte zu einer ewig abgestandenen staubigen Luft geführt, die alle zu stören schien außer Sue selbst. Heute aber wehte eine frische Brise durch den Raum. Außerdem hörte man deutlich mehr Reden und Lachen als sonst. Filippa sah, dass Andrew auf Angelas Schreibtisch saß.

»Sweetie!«, sagte Andrew und sprang auf, um Filippa zu umarmen.

»Danke«, sagte Filippa und schaute sich um.

Darinder war dabei, mithilfe eines Kajalstifts und eines Spiegels ihre stark geschminkten Augen nachzubessern, Jill sprach mit gurrender Stimme am Telefon, und Ruth saß da und blätterte in einer Zeitschrift.

»Was ist hier los?«, fragte Filippa.

»Hast du's noch nicht gehört?«, fragte Andrew. »Sue hat heute Morgen angerufen. Sie ist krank und kommt nicht zur Arbeit.«

»Das erklärt einiges«, sagte Filippa.

»Mach dir keine Sorgen«, sagte Andrew. »Zusammen mit Kakerlaken und Diamanten wäre Sue die Einzige, die selbst einen atomaren Krieg überlebt. Sie ist zurück, bevor uns auch nur wieder einfällt, wie man lächelt. Aber genug von ihr – wie geht's dir?«

»Es tut mir leid«, sagte Angela und nahm Filippa in den Arm.

Sogar Ruth und Darinder kamen und bekundeten ihr Beileid.

»Bist du okay?«, fragte Angela.

Filippa nickte, während Andrew den Finger auf Angela richtete.

»Ange«, sagte er. »Ich weiß, du hast gesagt, dass ich nichts sagen soll, aber ich sag's trotzdem: Ich bin froh, dass sie tot ist. Da, jetzt hab ich's gesagt!«

Angela bedachte Andrew mit einem strengen Blick, und er tat so, als hätte er ihn nicht bemerkt.

»Wenn sie dich wirklich so geschlagen hat, wie ich gehört habe, bin ich froh, dass sie tot ist. Da, jetzt hab ich's wieder gesagt!«

»Ist es wahr?«, fragte Angela vorsichtig. »War sie wirklich … so schlimm, wie sie sagen?«

Filippa dachte nach. Der Schaden war eh schon angerichtet. Sie nickte.

»Aber die Schläge waren nicht das Schlimmste«, sagte sie leise. »Es waren ihre Scherze. Wenn sie zum Beispiel absichtlich Zucker und Salz vertauscht hat. Oder uns erzählt hat, dass man Geburtstage nur in Schaltjahren feiert. Einmal hat sie am ersten April in der Schule angerufen, dass sie mit einem gebrochenen Bein im Krankenhaus liegt, obwohl's gar nicht stimmte.«

Die ganze Abteilung stand jetzt um Filippa versammelt.

»Aber was war mit deinem Vater? Hat er nichts dagegen unternommen?«

»Er war's, der mich zu ihr ins Krankenhaus gefahren hat, und genau in dem Moment, als ich begriff, dass meiner Mutter gar nichts passiert war, hat er ein Foto von mir gemacht.«

»Was für Schweine!«, sagte Andrew, den Tränen nahe.

»Das Foto haben sie in dem Jahr als Weihnachtskarte an Verwandte und Freunde verschickt«, sagte Filippa.

Niemand sagte mehr etwas. Nur Andrew kam noch einmal, um sie zu umarmen.

Filippa, Andrew und Angela gingen in einen Pub in der Nähe, wo Filippa ein gegrilltes Ciabatta mit Mozzarella und einen Orangensaft spendiert bekam. Andrew erzählte von seiner Mutter, bei der er immer noch wohnte und die ihm immer Kondome in die Brieftasche steckte und jeden Abend ein Stück Schokolade aufs Kopfkissen legte.

Auf dem Weg zurück ins Büro klingelte Filippas Handy.

»Hallo?«

»Hallo, Filippa! Hier Louise. Wie geht's, alte Schnapsdrossel?«

Seit dem Geburtstag in der Embassy Bar hatte Filippa nichts mehr von Louise gehört.

»Fantastisch«, sagte Filippa und lachte. Dann sah sie die Mienen von Andrew und Angela und wurde sofort wieder ernst. »Du weißt schon, gemischte Gefühle. Ein bisschen auf, ein bisschen ab. Hoch und … tief.«

»Hoch und tief in welcher Hinsicht?«, fragte Louise. Im Hintergrund hörte man laute Musik.

»Ich erzähl ein anderes Mal mehr«, sagte Filippa. »Wie geht's dir?«

»ICH WERDE HEIRATEN!«, schrie Louise begeistert ins Telefon.

Filippa erzählte Andrew und Angela flüsternd, was sie gerade erfahren hatte, und Andrew seufzte selig, obwohl er Louise gar nicht kannte.

»Gratuliere!«, sagte Filippa. »Du hast also endlich deinen reichen Mann gefunden?«

»Du, meine Schicht beginnt in einer Sekunde, aber wir MÜSSEN uns sehen«, sagte Louise.

»Gern«, sagte Filippa, und sie verabredeten sich für später in der Woche in einem Tapas-Lokal in Camden.

»Und wie ist es mit dem Typ gelaufen?«, wollte Louise noch wissen. »Ich meine den, der mich nach deiner Nummer gefragt hat.«

»Ehrlich gesagt, weiß ich es nicht«, sagte Filippa. »Wir hatten ein absolut komisches Date.«

»Mach dir wegen dem keinen Kopf«, sagte Louise. »Ich kenn einen, der … Ich erzähl's dir, wenn wir uns treffen.«

Bis zum Feierabend waren so viele Leute zu ihr heraufgekommen, um Beileidskarten zu überreichen oder Filippa ihr Beileid auszusprechen, dass sie sich fragte, warum sie ihre Mutter nicht schon vor Jahren hatte sterben lassen.

17

Die Wände waren rot gestrichen, und Flamencomusik dröhnte aus den etwas knisternden Lautsprechern des kleinen, in einer Seitenstraße der Camden High Street gelegenen spanischen Lokals. Die Tische und Stühle waren schwarz, und damit die Gäste keine Sekunde vergaßen, wo sie sich befanden, hingen spanische Flaggen und ein Dutzend Teller in Rot und Gold an den Wänden. Die polnische Bedienung führte Filippa zu einem kleinen runden Tisch.

»Ich warte auf jemanden«, sagte Filippa.

Die Bedienung lächelte und zündete die Tischkerze in einem roten Glas an. Filippa schaute hinaus auf die Straße und sagte sich zum wer weiß wievielten Mal, dass sie offenbar der einzige Mensch auf der ganzen Welt war, der pünktlich zu einer Verabredung kam. Und plötzlich fuhr ihr der Schreck in alle Glieder. Vor dem Obststand quer über der kleinen Straße stand ein anderer Mensch, den es nur einmal auf der ganzen Welt gab: Mr Burke. Im üblichen Aufzug, dazu mit einem metallenen Gehstock in der Hand begutachtete er die angebotenen Orangen und sagte dann etwas zu dem Verkäufer. Nach ihrem Telefongespräch am Tag ihres zweiten Vorsprechens an der RoyDram hatte er es nur noch zwei weitere Male versucht. Einmal rief er mitten in der Nacht an, aber als Filippa dranging, sagte er nichts, sie hörte nur Stimmen im Hintergrund, und nach einer halben Minute brach sie das Nichtgespräch ab. Das zweite Mal rief er an und sagte, er habe Vorhänge für die Wohnung gekauft und wolle dafür hundert Pfund. Gut, dass sie die neuen Schlösser hatten, so fühlten sich die Mädchen einigermaßen sicher. Dennoch verbarg Filippa das Gesicht halb hinter der Speisekarte, während sie sich vergewisserte, dass Mr Burke nicht auf dem Weg ins selbe Lokal war. Zum Glück verschwand er bald mit watschelnden Schritten.

»Hallo!«

Filippa schaute auf und sah den Norweger mit einem Rucksack auf dem Rücken vor ihrem Tisch stehen.

»Hallo«, sagte sie ein wenig verwirrt.

»Hast du schon was bestellt?«, fragte er in einem Norwegisch, das sie gerade noch verstand.

»Nein«, sagte Filippa.

Er setzte sich, und sie hielt Ausschau nach Louise, die immer noch nicht zu sehen war. Dann ging ihr schlagartig auf, dass sie, ohne es zu wissen, zu einem Blind Date geschickt worden war. Mit dem Norweger. Der an und für sich sehr süß war und genauso gut gelaunt aussah wie in der Embassy Bar. Trotzdem hätte Louise sie wenigstens warnen können.

»Ich freu mich wahnsinnig, dass wir uns wiedersehen«, sagte er.

Jedenfalls war es das, was sie verstand.

»Gleichfalls«, sagte Filippa und lächelte.

Sie hatte beschlossen, das Beste aus der Situation zu machen und so zu tun, als hätten sie tatsächlich ein Date. Außerdem hatte sie so Gelegenheit, sich ein bisschen besser ins Norwegische einzuhören. Der Norweger beugte sich über den Tisch und lächelte.

»Übrigens heiße ich nicht Haakon. Und auch nicht Harald oder Fritjof«, sagte er. »Ich heiße Oddvar. Nur falls du's nicht mitbekommen hast.«

Ohne Alkohol verstand sie ihn erstaunlich gut.

»Entschuldige«, sagte sie errötend. »Ich war an dem Abend ganz schön durch den Wind.«

Die Bedienung stellte winzige Schälchen mit grünen und schwarzen, vor Öl glänzenden Oliven auf den Tisch. Auf die schnelle Flamencomusik folgte eine langsame Gitarrenballade. Filippa schaute sich den Norweger, Oddvar, unauffällig etwas genauer an und war plötzlich gar nicht mehr sauer auf Louise.

»Hast du schon was von der Schauspielschule gehört, bei der du dich beworben hast?«

»Ich bin zum dritten Vorsprechen eingeladen«, sagte Filippa. »Hab ich heute erfahren. Es ist das dritte und letzte. Danach ist es klar, ob man einen Platz bekommt oder nicht.«

»Aber das ist ja WAHNSINN!«, platzte es aus Oddvar heraus, dessen Augen strahlten.

Filippas Wangen hatten vermutlich die Farbe der Wand hinter ihr angenommen, weshalb sie konzentriert in die Speisekarte starrte. Und plötzlich sah sie es vor sich: sie und Oddvar in einem kleinen Boot auf einem Fjord. Ein einsamer Adler zog seine Kreise über ihnen und den Gipfeln der von Schnee funkelnden norwegischen Berge. Sie trugen beide Norwegerpullover, bis Oddvar seinen auszog, um mit nacktem Oberkörper und blanken Händen Lachse zu fangen.

»Sollen wir bestellen?«, murmelte sie.

»Da seid ihr ja!«, sagte jemand anders.

Louise stand neben dem Tisch und war völlig außer Atem. Sie holte einen Stuhl vom Nachbartisch und setzte sich.

»Gerade wie ich von der Arbeit loswill«, begann sie, immer noch ein wenig außer Atem, »kommt der Oberboss auf die Wahnsinnsidee, eine Besprechung abzuhalten, weil wir angeblich nicht genug lächeln, wenn wir die Drinks servieren. Dass wir unsere Einstellung verbessern müssen, *proaktiver* werden, was immer das heißen soll, und bla bla bla. Das Problem ist, der Mann hat kein Privatleben. – Was soll's, jetzt bin ich hier! Habt ihr schon bestellt? Was wollen wir trinken? Oh, sie haben schon die Oliven hingestellt. Ich *liebe* die grünen. Schade, dass man in Lokalen nicht mehr rauchen darf. Ich würde …«

Filippa schwieg. Louises Auftauchen hatte ihr kurz die Sprache verschlagen, und nun schien deren Monolog kein Ende zu nehmen. Was war *das* denn für ein komisches Blind Date? Wollte Louise die Anstandsdame spielen und aufpassen, dass sie und Oddvar beim ersten Mal nicht weiter gingen als bis zum Küssen? Im Boot auf dem Fjord war es plötzlich eng geworden, und den ersten gefangenen Lachs hatte Louise auch über Bord geworfen. Es dauerte noch ein paar Minuten, bis Louise lange genug still war, dass die polnische Bedienung die Bestellung aufnehmen konnte.

»Ich weiß, was wir als Vorspeise nehmen«, sagte Louise. »Können wir bitte je eine Portion von allem auf der Tapaskarte haben?«

Die Bedienung nahm ihnen die Speisekarten ab und verschwand.

»So«, sagte Filippa schnell, »erzähl von deiner Heirat! Wann, wo, wie?«

Louise spuckte einen Olivenkern aus und lächelte breit.

»Das wird so cool, nur eine einfache Zeremonie auf dem

Rathaus, aber danach wird gefeiert. Wir mieten ein Lokal, und dann: Musik, Drinks, Party, Party, Party!«

»Und wen hast du rumgekriegt?«, fragte Filippa lächelnd.

Louise und Oddvar warfen einander Blicke zu, die Filippa an den Rand einer Verzweiflungstat brachten. Es hätte nicht viel gefehlt, und sie hätte versucht, mit der Stirn den kleinen Tisch zu demolieren.

»Na Odd, wen denn sonst, Schnellmerker!«, sagte Louise.

»Klar. Sollte ein Scherz sein«, sagte Filippa schnell. »Ich wollte nur ... wie ist es denn passiert?«

Jetzt, wo Louise da war, sprachen Filippa und Oddvar englisch. Und Filippas Körpertemperatur war um mehrere Grad gestiegen.

»Louise hat mich gefragt, und ich hab Ja gesagt«, sagte Oddvar. »Ein bisschen ungewöhnlich, aber was ist in London schon normal.«

Die Bedienung war zurück und begann, den Tisch mit Schälchen zu füllen. Es gab kaltes Omelett, luftgetrockneten Schinken, Kartoffelstückchen, frittierten Tintenfisch und noch einiges mehr samt neuer Oliven.

»Hör zu, Filippa«, sagte Louise. »Da ist was, wobei wir deine Hilfe bräuchten.«

»Bei was denn?«, fragte Filippa und biss in eine sonnengetrocknete Tomate, die wie in Olivenöl getränkte schrumpelige Schuhsohle schmeckte.

»Du musst denen was vorlügen, wie und wann wir uns kennengelernt haben.«

Oddvar sah etwas verlegen aus und starrte in ein Schälchen mit frittierten Minifischen. Filippa legte die halb gegessene sonnengetrocknete Tomate auf ihrem Teller ab.

»Wem ›denen‹?«

»Den Leuten von der Einwanderungsbehörde«, sagte Louise. »Damit sie glauben, dass wir heiraten, weil wir wirklich zusammen sein wollen und nicht nur, damit ich im Land bleiben darf, brauchen wir jemanden, der bezeugen kann, dass wir wirklich ein Paar sind und so.«

»Und warum gerade ich?«, fragte Filippa.

Louise breitete die Arme aus.

»Du bist doch Schauspielerin!«

»Nein«, sagte Filippa und schüttelte den Kopf. »Ich bin keine Schauspielerin. Ich hab mich nur bei einer Schauspielschule beworben. Das ist nicht dasselbe.«

Auch wenn Filippa schon Julia Roberts gewesen wäre, hätte sie nicht gewusst, ob sie Louise helfen wollte. Aber das konnte sie natürlich nicht sagen.

»So groß wäre die Lüge auch gar nicht«, sagte Louise. »Du bräuchtest nur zu sagen, dass Odd und ich uns vor einem Jahr in der Embassy Bar kennengelernt haben und dass wir seitdem zusammen sind. Und dass wir wahnsinnig verliebt sind. Sag einfach, dass du's warst, die uns miteinander bekannt gemacht hat!«

»Vor einem Jahr war ich doch noch nicht mal in London«, murmelte Filippa, der die Umstände von Louises und Oddvars Heirat immer mehr missfielen. Sogar die Tapas schmeckten schlecht. Sie schaute ungeduldig nach der polnischen Bedienung, die längst die Hauptgerichte hätte bringen sollen.

»Du kannst doch zu Besuch hier gewesen sein«, sagte Louise. »Wir beide können Facebook-Freunde gewesen sein oder so.«

»Aber Norwegen ist doch nicht mal in der EU«, sagte Filippa verwirrt. »Wieso darf man dann in England bleiben, wenn man einen Norweger heiratet?«

»Norwegen ist Teil der EEA, European Economic Area«, sagte Oddvar. »Das bedeutet, dass wir Norweger hier ohne Visum wohnen, leben, studieren und arbeiten dürfen – und das gilt genauso für die, mit denen wir verheiratet sind.«

»Aber ihr wohnt doch nicht mal zusammen«, sagte Filippa und kam sich allmählich wie eine Art Sprachrohr der Einwanderungsbehörde vor.

»Doch. Odd ist in Ians Zimmer gezogen, sodass wir schon mal die gleiche Adresse haben. Erinnerst du dich an Ian? Der immer Led Zeppelin gehört hat?«

Filippa nickte. Wenn sie ehrlich war, war die Frage, die sie am meisten beschäftigte, die, ob Louise und Oddvar nun tatsächlich zusammen waren oder nicht. War alles nur Lüge, oder heirateten Oddvar und Louise, weil er sie, Hochzeit hin oder her, wirklich liebte und nicht wollte, dass sie London verlassen musste? Andererseits, *wenn* sie tatsächlich zusammen wären, würden sie dann nicht im selben Zimmer wohnen? Louises und Filippas altes Zimmer in Archway hatte allerdings nur ein Einzelbett …

»Die Einwanderungsbehörde macht wahrscheinlich sowieso keine Probleme«, sagte Louise. »Ich möchte nur wissen, ob ich auf dich zählen kann, falls doch.«

»Klar«, sagte Filippa und lächelte.

Als sie ein halbe Stunde später das spanische Lokal verließ, war ihr warm. Nicht vom Essen, das kaum mehr als lauwarm gewesen war, sondern vor Wut. Ihr waren gleich mehrere Dinge klar geworden, und alle machten sie nicht gerade froh. Das Erste war die Einsicht, dass Tapas nur ein Haufen Vorspeisen waren! Und die auch noch so teuer, dass sie, als die Bedienung mit der Rechnung kam, fast einer Herzattacke erlegen wäre – jedes der Tapasschälchen hatte mindestens 5 Pfund gekostet. Fünf Pfund für sechs Oliven! Das Zweite war, dass damit, dass die Royal Drama School sie zum dritten Vorsprechen eingeladen hatte – was an und für sich fantastisch war –, das Ganze erst richtig anstrengend, um nicht zu sagen zur Tortur wurde. Das Dritte war, dass Louise sie ausnutzte, wieder mal. Und das Vierte war, dass sie Oddvar tatsächlich ein bisschen mochte.

»Vielleicht sehen wir uns mal wieder?«, sagte er, als sie sich an der Camden High Street trennten.

»Hm … wärschönja«, murmelte Filippa, die nicht einmal wusste, ob er nur sich und sie gemeint hatte oder das ganze fröhliche Trio.

Noch auf der Straße vor dem Lokal hatte Louise Filippa zur Seite genommen und gesagt: »Erinnerst du dich an Adams Freund Marcus?«

Filippa hatte genickt, *leider* erinnerte sie sich an den Südafrikaner aus der Bar in Soho.

»Ich hab Adam gefragt, ob Marcus immer noch Single ist, und weißt du, was? Das ist er. Also hab ich gesagt, dass du interessiert bist. Er würde sich wahnsinnig freuen, wenn du ihn anrufst. Ich kann dir seine Nummer simsen.«

»Nein«, hatte Filippa gesagt. »Echt nicht.«

»Bist du sicher? Er muss wahnsinnig reich sein. Das letzte Mal, als wir uns getroffen haben, hat er mir erzählt, dass er sich ein Speedboot kauft.«

»Ehrlich, ich bin nicht interessiert.«

»Okay«, hatte Louise gesagt. »Odd und ich wollen noch billige Ringe kaufen. Ich will ihn zu welchen mit Totenschädeln überreden.«

Filippa spürte einen Stich von Eifersucht, als sie sah, wie Louise und Oddvar in Richtung Camden-Lock-Markt verschwanden. Warum war Schweden kein Nicht-EU-Land, damit sie auch jemanden zum Schein heiraten und Eheringe mit Totenschädeln aussuchen konnte? Warum war in London alles, was mit Liebe zu tun hatte, so kompliziert?

Das Sechste – und was sie vielleicht am wütendsten machte – war mehr eine Frage: Wo war Danny White?

18

Es war am selben Tag abends, und Filippa lag schon im Bett und las, als sie Malin und Bridget in der Küche flüstern hörte. Dann klopften sie vorsichtig an ihre Tür.

»Kommt rein!«

Als die beiden ins Zimmer traten, waren ihre Gesichter so ernst, dass Filippa blitzartig eine Szene aus ihrer Kindheit vor Augen stand. Sie sah wieder vor sich, wie ihre Mutter in ihr Zimmer gekommen war, um ihr zu sagen, dass Uncas von ihrem Nachbarn überfahren worden war. Uncas, der erste letzte Mohikaner, nach dem von da an alle weiteren Katzen der Familie ihren Namen bekamen. Auch an die Filme musste Filippa kurz denken, in denen ein Arzt zu den wartenden Familienangehörigen kommt, um ihnen zu sagen, dass man alles Menschenmögliche getan habe. Bridget hatte eine Tasse Tee in der Hand, die sie ihr auf den Nachttisch stellte.

»Was ist passiert?«, fragte Filippa, obwohl ein Teil von ihr bereits wusste, was sie ihr erzählen würden: etwas, was sie nicht wissen wollte.

»Filippa«, sagte Malin und schaute Bridget an.

Malin und Bridget setzten sich aufs Bett neben sie, und sie rechnete im Stillen schon damit, dass sie ihre Hand ergreifen würden.

»Am Nachmittag hab ich mit einem dänischen Mädchen aus

dem Jahrgang unter mir geredet«, sagte Malin. »Sie hat erzählt, sie hätte vor ein paar Wochen in einem Pub in Camden einen Typ kennengelernt und was mit ihm angefangen.«

Filippa hatte sich aufgesetzt und saß ganz still. Eine einzige Träne tropfte aus einem Auge. Ein dänisches Mädchen. Logisch war er mit einem dänischen Mädchen zusammen. Die Dänen waren einfach cooler als die Schweden. Die hatten einfach mehr zu bieten: Dogma-Filme, Christiania, Lego, rote Würstchen. Bestimmt sah das dänische Mädchen wie Helena Christensen aus.

»Es war Danny«, fuhr Malin fort. »Der, mit dem du auch … den du auch getroffen hast.«

Filippa wischte die eine Träne weg. Tief drinnen hatte sie die ganze Zeit gewusst, dass etwas nicht stimmte. Dass Danny White und seine Band nie auf einer Tournee gewesen waren. Dass er nie vorhatte anzurufen. Dass er nie vorhatte, sie jemals wiederzusehen.

»Und sind sie noch zusammen?«

»Nein«, sagte Malin. »Er hat ihr irgendeinen Scheiß erzählt, von wegen dass er monatelang von ihr geträumt und einen Song darüber geschrieben hätte, und hinterher hat sie rausgekriegt, dass er denselben Scheiß einer ganzen Menge Mädels erzählt hatte. Er ist in ganz Camden dafür berüchtigt, auf die Art Mädels anzugraben.«

»Da«, sagte Bridget. »Ich hab dir eine Tasse Tee gemacht.«

Filippa nahm die Tasse, hauptsächlich um etwas zu haben, woran sie sich festhalten konnte. Sie bemerkte, dass Bridget sich erinnert hatte, dass sie die grün-gelbe Tasse am liebsten mochte. Sie hatte niemandem erzählt, dass Danny drei Monate von ihr geträumt und darüber den Song *Gibt's dich?* geschrieben hatte. Dieses Detail ihrer Beziehung war so schön gewesen, dass sie es für sich behalten hatte, wie einen glänzenden Edelstein in einer eigenen kleinen Schatulle. Ein glänzender Edelstein, der ein alter Witz war, den ganz Camden kannte.

»Es tut mir so leid«, sagte Malin. »Ich weiß, dass du ihn gemocht hast.«

Filippa nahm einen Schluck von dem Tee.

»Mit fünfzehn war ich mit einem fünf Jahre älteren Typ aus Brixton zusammen, in den ich wahnsinnig verliebt war, und nach drei Monaten hab ich rausgekriegt, dass er verheiratet war und zwei Kinder hatte«, erzählte Bridget. »Ich meine, falls dich das ein bisschen tröstet.«

»Und ich war mal mit einem Typ zusammen, der brauchte nur den Mund aufzumachen, da hat er schon gelogen«, erzählte Malin. »Er hat behauptet, dass er studiert, aber in Wirklichkeit hat er nur mit seinen Kumpels abgehangen und geraucht, was er kriegen konnte. Und dann hat er mir auch noch Geld geklaut. Als ich's gemerkt hab, wollte ich nur noch kotzen.«

Dass man sogar Malin das Herz gebrochen hatte, machte alles ein bisschen leichter. Filippa hätte sich gewünscht, Malin hätte noch eine Weile von solchen Dingen weitererzählt, von den vielen Enttäuschungen, die sie erleben musste, bis sie eines Tages einsah, dass ihr Aussehen und ihr liebes Wesen sie immer nur ins Unglück und ins Elend gestürzt hatten, weshalb sie sehr wahrscheinlich auch in Armut enden würde …

»Wenn du willst, suchen wir ihn und schlagen ihn zusammen«, sagte Bridget.

»Wir könnten zu jedem Auftritt seiner bescheuerten Band gehen und, so laut wir können, schreien, dass sie zum Kotzen sind«, sagte Malin.

Filippa nahm noch einen Schluck Tee.

»Er hasst CDs«, sagte sie.

»Da haben wir's!«, platzte es aus Bridget heraus. »Wir beschmeißen ihn mit CDs!«

Fünf Minuten später schlichen Bridget und Malin aus Filippas Zimmer, als wären laute Schritte die letzte kleine Folter, die sie womöglich zusammenbrechen ließ. Filippa wickelte sich in die Decke, dass kein Millimeter Luft blieb, und schlief schneller ein, als sie gedacht hätte.

Am nächsten Tag bei der Arbeit fühlte sie sich müde und leer. Nicht unendlich traurig, sondern einfach so, als wären alle Gefühle aus ihr herausgeflossen. Als hätte Danny White alles aus ihr ausgesogen, was je in ihr lebendig gewesen war. Außerdem wälzte sie das Problem, wie sie für das dritte Vorsprechen frei bekommen könnte. Für einen kurzen Moment überlegte sie, ob sie ihren Vater aus Trauer über den Tod der Mutter sterben lassen sollte. Vorsichtig klopfte sie an die Tür von Mr Hartley.

»Herein!«, hörte man es von drinnen.

Filippa betrat das Zimmer und machte die Tür hinter sich zu. Mr Hartley saß am Schreibtisch und schaute nachdenklich auf den Bildschirm seines Laptops.

»Mr Hartley«, begann Filippa. »Es gibt da etwas, was ich Sie fragen möchte.«

»Gewiss«, sagte Mr Hartley. »Setz dich! Möchtest du einen Espresso?«

Filippa lächelte und schüttelte den Kopf.

»Nein danke. Die Sache ist die, dass ich mir am Freitagnachmittag freinehmen möchte. Ich hab's ins dritte Vorsprechen an der Royal Drama School geschafft.«

Mr Hartley hob die Augenbrauen.

»Und wo Sie sowieso den ganzen Freitag in White City bei dem Meeting mit der BBC sind, wollte ich fragen, ob es okay ist?«

»Selbstverständlich, Pippa«, sagte Mr Hartley. »Sorg nur dafür, dass alles Wichtige erledigt ist, bevor du gehst.«

»Danke, Mr Hartley.«

Mr Hartley wandte sich wieder seinem Laptop zu, hob aber, bevor Filippa das Zimmer verließ, noch einmal den Kopf,

»Deine Mutter war sicher sehr stolz auf dich, Pippa.«

Filippa nickte und schloss die Tür.

Als sie sich an den Schreibtisch setzte, klingelte ihr Handy, und ihr Herz sank tiefer, als sie sah, dass es Mr Burke war. Es waren zehn Tage vergangen, seit sie das letzte Mal von ihm gehört hatte, also schlich sie hinaus in den Gang und ging dran, falls es etwas Wichtiges war.

»Hallo«, sagte sie.

»Hier Tripper«, sagte die Stimme am anderen Ende.

»Hello, Mr Burke. How are you?«

Filippa konnte das Muster auf dem dunkelgrauen Teppichboden sehen, das entstanden war, als die Putzfrau früher am Morgen gesaugt hatte.

»Ich will mein Geld.«

»Aber Sie haben die Miete schon vor ein paar Wochen bekommen«, sagte Filippa. Dieses Mal hatte sie sich besser unter Kontrolle und war auch nicht so ängstlich.

»Ich hab kein Geld bekommen.«

»Doch, haben Sie. Und Sie haben dafür eine Quittung ausgestellt.«

Mr Burke antwortete nicht, aber im Hintergrund hörte Filippa eine erboste Frauenstimme.

»Und bald bekommen Sie die nächste Miete«, fügte Filippa hinzu. »Sie müssen nur ein bisschen warten.«

Die Stimme im Hintergrund klang immer noch erbost.

»Es ist *meine* Wohnung, und ich will mein Geld«, sagte Mr Burke mit neuer Kraft.

Filippas Herz schlug etwas schneller.

»Mr Burke, Sie haben Ihr Geld für diesen Monat schon bekommen. Sie haben sogar eine Quittung ausgestellt.«

Plötzlich schrie die andere Stimme ins Telefon:

»Gib ihm das Geld, das du ihm schuldest! Gib ihm das Geld, das du ihm schuldest, verfluchte Hexe! Verfluchte Hexe, gib ihm …«

Filippa beendete das Gespräch. Trotz der Klimaanlage wurde ihr plötzlich warm, und sie spürte einen Schweißtropfen über ihre Magenwände laufen. Ihr Herz schlug wie eine Trommel.

Als sie zu ihrem Schreibtisch zurückging, spürte sie, dass sie den Tränen nahe war. Sie hatte einen Kloß im Hals, und ihre Hände zitterten. Am liebsten wäre sie in Mr Hartleys Büro gegangen, hätte sich auf seinen Schoß gesetzt und sich über ihren bescheuerten Vermieter und diesen Ex-der-nicht-mal-ein-Ex-war ausgeweint. Mr Hartley hätte sie getröstet, dann hätten sie Espresso getrunken und über nette Dinge geplaudert, über Himbeeren zum Beispiel oder fallende Blätter. Stattdessen begann Filippa, Unterlagen zu ordnen. Es dauerte eine ganze Weile, bis ihr die Hände nicht mehr zitterten.

19

»Das heute ist nicht direkt ein Vorsprechen, sondern mehr ein Gespräch, damit wir uns besser kennenlernen«, sagte Hugh und lächelte.

Filippa lächelte zurück. Es war das dritte Mal, dass sie in der Royal Drama School war, und sie war auf nicht weniger gefasst, als dass man von den noch verbliebenen Bewerbern verlangte, sie sollten sich das Wort RoyDram mit einem rostigen Messer in den Arm ritzen, um ihre Hingabe an die Schule unter Beweis zu stellen.

»Also eine Art Interview?«, fragte Filippa.

Donatella schüttelte den Kopf.

»Bei einem Interview gibt es richtige und falsche Antworten«, sagte sie. »Da bestünde immer die Gefahr, dass wir dich hauptsächlich danach beurteilen. So ist es aber nicht. Es soll mehr ein Gespräch sein, um zu sehen, ob die RoyDram für dich das Richtige ist und umgekehrt du die Richtige für die RoyDram.«

Sie befanden sich im selben Raum, in dem Filippa beim ersten Mal Ian McKellen vorgesprochen hatte, aber diesmal saßen nur Donatella und Hugh vor ihr. Hughs Füße reichten nur knapp bis zum Boden. Vor den Fenstern hatte ein leichter Sommerregen eingesetzt, und der Himmel war grau.

»Alle menschlichen Beziehungen müssen auf organische

Weise aufgebaut werden, darum nehmen wir uns Zeit, um in die Tiefe zu gehen. Geben einander eine Chance, ein symbiotisches Verhältnis zu entwickeln«, sagte Hugh.

Filippa nickte. Sie hatte keine Ahnung, wovon er sprach.

»Filippa«, sagte Donatella und lehnte den Oberkörper vor. »Es gibt genügend Schauspieler auf der Welt. Und neunzig Prozent von ihnen sind arbeitslos.«

»Das heißt, nur einer von zehn Schauspielern arbeitet«, sagte Hugh.

»Und auch die zehn Prozent haben meist nur zeitlich begrenzte Engagements, bis die Theatersaison vorüber ist oder die Fernsehserien oder die Filme, in denen sie mitspielen, abgedreht sind«, sagte Donatella. »Du wirst Depressionen, Alkoholismus, Drogenabhängigkeit und beinharter Konkurrenz begegnen ...«

»Beinhart«, wiederholte Hugh betroffen.

»... Boshaftigkeit, Neid, Hass, Einsamkeit, Agenten, die Geld unterschlagen, Produzenten, die dir dein Honorar nicht auszahlen – und du wirst immer wieder warten, Stunde um Stunde, dass das Telefon klingelt, obwohl es das niemals tun wird ...«

»Niemals«, wiederholte Hugh und schüttelte den Kopf.

»... und wenn du endlich die Rolle bekommst, auf die du gewartet hast, wirst du deinen Regisseur oder deinen Partner so sehr hassen, dass du dich jeden Morgen, wenn du aufwachst, übergeben willst – so wird es sein, und dazu immer diese Angst.«

»Schwarze, schwarze Angst«, fügte Hugh hinzu.

»Physisch, mental und vor allem emotional wirst du so ausgelaugt sein, dass du gezwungen bist, dich von deiner Familie und deinen Freunden zu isolieren. In einer Beziehung zu leben wird da äußerst schwer. Und mit größter Wahrscheinlichkeit wirst du sexuell belästigt werden.«

Filippa saß nur stumm da. War jetzt der Zeitpunkt gekommen, wo Donatella ihr das Schlafmittel und die Rasierklinge überreichte, damit sie dem Elend frühzeitig ein Ende machen konnte?

Ein paar Sekunden lang sagte niemand etwas. Nur der leichte Regen vor den Fenstern und der Verkehr auf der Straße waren zu hören.

»Filippa«, sagte Donatella. »Wir haben gesehen, dass du Monologe spielen kannst, dass du in einer Gruppe arbeiten kannst und dass du keine Angst hast, etwas zu riskieren. Es besteht kein Zweifel daran, dass du Talent hast.«

»Danke«, flüsterte Filippa, die sich noch nicht von ihrer Zukunft als abgetakelte, heulend neben dem Telefon sitzende Alkoholikerin erholt hatte.

»Aber es gibt viele Kandidaten, die Talent haben«, sagte Hugh.

»Was wir gerne wissen möchten«, sagte Donatella, »ist, warum du eigentlich Schauspielerin werden willst?«

Filippa antwortete nicht gleich. Auch wenn Donatella gesagt hatte, dass es keine richtigen oder falschen Antworten gab, konnte das eigentlich nicht sein. Wie hätten sie sonst entscheiden sollen, wer einen Platz an der Schule bekam?

»Ich glaube, es ist, weil …«, begann Filippa, »… weil …«

Donatella und Hugh sahen sie aufmerksam an.

»Nein, ich *weiß* es: Es ist, weil …« Filippa schluckte hart und sagte die Wahrheit: »Ich möchte einfach spielen.«

Stille.

»Erklär uns, was du mit Spielen meinst«, sagte Hugh.

»Spielen«, sagte Filippa. »Spaß haben, verrückte Sachen machen, so tun, als wäre ich jemand anders. Und ich weiß sonst keinen Beruf, bei dem man das darf.«

»Danke, Filippa«, sagte Donatella, und Filippa sah, dass Hugh etwas auf seinen Block schrieb.

Danach folgten praktische Fragen wie zum Beispiel, wo Filippa Englisch gelernt hatte, wie sie ihr Studium zu finanzieren gedachte, wenn sie einen Platz bekam, wo sie in London wohnte, welche Sprachen sie sonst noch konnte und welche Pläne sie nach dem Studium hatte.

Als das Gespräch zu Ende war, schüttelte Filippa Donatella und Hugh die Hand und ging hinaus auf den Flur.

»Hallo«, sagte der dicke Junge, den sie vom zweiten Vorsprechen wiedererkannte.

»Hallo«, sagte Filippa freundlich. »Du bist also auch weitergekommen?«

»Wenn man mit den richtigen Leuten in die Kiste steigt …«, sagte er und kniff ein Auge zu. »Was muss man da drin eigentlich machen?«

»Eugene?«, fragte Donatella von der Tür her.

»Das bin ich«, sagte der dicke Junge und winkte Filippa zu. »Vielleicht sehen wir uns im September.«

»Hoffentlich«, sagte Filippa, und Eugene verschwand mit Donatella hinter der Tür.

Langsam schlenderte Filippa über den leeren Flur. Nach dem Ende der Sommerkurse war die Schule leer und verlassen. Vermutlich war es das letzte Mal, dass sie in dem Gebäude war. Langsam strich sie mit den Fingern über die weiße Wand, dann schaute sie auf das Schwarze Brett an der Treppe, wo Schüler der Schule, die ein Zimmer suchten, Zettel aufgehängt hatten:

Nett, ordentlich, NICHTRAUCHER. Nur interessiert an Zimmern in Süd-London.

£ 135 in der Woche MAX. Nur Nord-London. Verspreche viele Lacher!

Dazu private Klavierstunden, private Singstunden und viel Werbung für Workshops: Chakra-Tanz-Meditation und »Finde den Song in dir!«. Filippa würde nie eine von ihnen werden. Spielen? Verrückte Sachen machen? Hatte sie wirklich *Spielen* gesagt? Hatte sie vergessen, dass sie in die renommierteste Schauspielschule der Welt aufgenommen werden wollte? Jedenfalls hatte sie sich aufgeführt, als suchte sie eine Stelle als Kindergärtnerin in der schwedischen Provinz. (*»Ich kann mir nichts Schöneres vorstellen, als zu spielen und zu toben und in die Hände zu klatschen, bis irgendwann Zeit für lecker Häppchen ist.«*) Natürlich hätte sie sagen sollen, dass sie lernen wollte, in ihrem Spiel all die verschiedenen Seiten des Menschen zu spiegeln, bevor sie nach der Schule nach Darfur ging, um ein Theater für hungernde Kinder zu gründen. Weil nichts so satt macht wie Shakespeare. Mit einem Seufzer ging sie, immer noch mit den Fingern über die Wand streichend, die Treppe hinunter.

Sie ging den ganzen Weg nach Hause zu Fuß, was über eine Stunde dauerte. Statt an den großen verkehrsreichen Straßen entlangzugehen, nahm sie die kleinen Seitenstraßen mit ihren weißen Terrassenhäusern, vor denen schwarze Müllsäcke standen. Sie ging zu Fuß und dachte an ihr zukünftiges Leben in London.

Am Tag zuvor war Emma zu ihr in den siebten Stock gekommen und hatte gefragt, ob sie ein paar Minuten Zeit hätte.

»Sicher«, hatte sie gesagt und sich gefragt, ob Emma auch

etwas über Danny White zu berichten hatte. (»*In der heutigen* Metro, *du weißt schon, die Gratiszeitung, steht ein Artikel über dich, wie du auf die durchsichtigste Masche der Welt reingefallen bist. Der ganze Waggon hat gewackelt, so haben die Leute gelacht.*«)

»Es ist so ...«, hatte Emma verlegen begonnen, »dass Jessica nächste Woche zurückkommt, und ich hab Sue aus der Internen Revision gefragt, aber leider brauchen sie gerade auch niemanden mehr, also ...«

»... braucht mich die GH Media nicht mehr«, hatte Filippa gesagt, damit Emma nicht länger leiden musste.

Emma hatte genickt.

»Das macht nichts. Ich finde sicher was anderes«, hatte Filippa gesagt, obwohl sie sich Emma am liebsten vor die Füße geschmissen und gebettelt hätte, dass sie bleiben durfte.

Nach fast zwei Monaten hatte sie sich an die Arbeit gewöhnt, und im Hinterkopf war immer die Idee gewesen, dort zu bleiben und zu arbeiten, wenn sie an der RoyDram nicht angenommen wurde. Das konnte sie jetzt also vergessen.

»Ich bin sicher, dass Mr Hartley dir ein glänzendes Zeugnis schreiben wird.«

(»Niemand spielt so gut Computer-Patience und studiert die Klatschspalten so diskret, konzentriert und zielgerichtet wie Fräulein Filippa Karlsson, auch Pippa genannt.«)

»Sicher«, hatte Filippa gesagt.

»Und wir bleiben in Kontakt, wenn du hier aufgehört hast«, hatte Emma gesagt und sie umarmt.

All das ging ihr auf dem Heimweg durch den Kopf. Sie war schon fast in Camden, als ihr Handy klingelte, aber als sie sah, dass es Mr Burke war, schaltete sie es aus. Als sie die Wohnung betrat, war es erst fünf Uhr und weder Bridget noch Malin waren zu Hause. Es war schön, die Wohnung für sich zu haben. Sie setzte sich aufs Bett in ihrem Zimmer und ließ weiter die Gedanken schweifen. Immer noch ging es darum, was sie eigentlich mit ihrem Leben anfangen sollte.

London war eine launenhafte Stadt. Immer wenn Filippa glaubte, sie hätte etwas verstanden, änderte es sich wieder. Diese Stadt war wie eine riesige Schlange, die sich gleichzeitig wegschlängelte und lockte. Vielleicht war London gar nicht ihre Stadt? Was war eigentlich normal daran, nie frische Luft atmen zu können und sich mit Millionen anderer Menschen in U-Bahnen zu quetschen? Was war normal daran, dass sämtliche Mülltonnen so voll waren, dass überall Salatblätter, rostige Dosen, leere Chipstüten und anderer Müll auf der Straße lagen? War es normal, dass das Geld immer nur haarscharf für Miete, Fahrkarten und Essen reichte, obwohl man eine Vollzeitstelle hatte? War es wirklich okay, dass man die Schlösser zu seiner Wohnung austauschen musste, damit nicht ständig der Vermieter hereinkam? Und die Jungs? Wo steckte eigentlich Filippas cooler Boyfriend?

Sie holte das Handy heraus. Als sie es wieder einschaltete, sah sie, dass Mr Burke sechsmal angerufen und vier Nachrichten hinterlassen hatte, die sie sich nicht anhören würde, weil sie dazu nicht die geringste Lust verspürte. Rob, der Geschäftsmann, hatte auch angerufen, allerdings ohne eine Nachricht zu hinterlassen. Filippa rief ihn zurück, während sie Schuhe und Jacke auszog.

»Ich hatte schon alle Hoffnung aufgegeben«, hörte sie schon nach dem ersten Signal Robs Stimme.

»Wenn du wieder was Negatives über Schauspieler sagst, leg ich sofort auf«, sagte Filippa.

Rob lachte kurz, und Filippa ging in die Küche, um sich eine Tasse Tee zu machen.

»Ihr Schauspieler seid die besten Menschen der Welt«, sagte Rob. »Ich mag euch so sehr, dass ich unseren Erstgeborenen zwingen werde, Schauspieler zu werden.«

Filippa schaltete den Wasserkocher ein.

»Arzt«, korrigierte ihn Filippa. »Eine Familie braucht immer einen Arzt. Der zweite wird Rechtsanwalt, und der dritte kann dann werden, was …«

Genau da schlug Mr Burke mit seinem metallenen Gehstock das ins Treppenhaus hinausgehende Küchenfenster ein. Filippa, die genau neben dem Fenster stand, schrie auf und ließ das Handy ebenso fallen wie die Schachtel mit den Earl-Grey-Beuteln. Durch das Gitter, das sich übers ganze Fenster zog, zerschlug Mr Burke weiter so viel Glas, dass der ganze Küchenboden, die Spüle und sogar der kleine Tisch im Nu mit Scherben übersät waren. Filippa rannte auf den Flur und versteckte sich hinter der Küchentür, damit Mr Burke sie nicht sehen konnte.

»Ihr habt die verdammten Schlösser ausgetauscht! Ihr habt die verdammten Schlösser ausgetauscht!«, hörte sie ihn schreien.

Filippa war kurz davor, ohnmächtig zu werden. Oder sich zu übergeben. Oder beides gleichzeitig. Alles in und an ihr war so heiß und flatterig vor Panik, dass sie nichts anderes tun konnte, als sich still gegen die Wand zu drücken. Nie hätte sie gedacht, dass ein Herz so schnell und hart schlagen konnte. Jetzt hörte sie, wie Mr Burke mit etwas gegen die Tür zu hämmern begann, was sich ebenfalls wie sein metallener Gehstock anhörte. Die Polizei, sie musste die Polizei rufen! Aber das Handy lag irgendwo auf dem Küchenboden zwischen den Scherben. Ein normales Telefon gab es nicht, weil Mr Burke angeblich davon ausging, dass die British Telecom seine Gespräche abhörte. Filippa warf einen schnellen Blick auf die Türen, die zu Bridgets und Malins Zimmer führten, aber die Chance, dass sie ausgerechnet heute ihre Handys zu Hause vergessen hatten, war gering. Und Brieftauben hatten sie auch nicht in Bereitschaft. Es gab es also keinen Weg aus der Wohnung, und sie konnte keinen Kontakt mit der Polizei aufnehmen.

»Mach die Tür auf! Mach die Tür auf!«, hörte sie draußen Mr Burke.

»Verfluchte Hexe, mach die Tür auf!«, hörte sie kurz darauf auch eine weibliche Stimme.

Die Amazone war demnach auch da. So viel zur weiblichen Solidarität. Filippa ließ sich an der Wand entlang zu Boden gleiten und schlang fest die Arme um die Knie, während sie verzweifelt lauschend herauszufinden versuchte, was außerhalb der Wohnung vor sich ging. Die Haltung, die sie einnahm, hatte den Vorteil, dass sie nicht mehr so zitterte. Nur das Herz schlug weiterhin so hart, dass es wehtat.

Das Hämmern an der Tür hörte auf, aber die Stille danach war beinahe schlimmer. Filippa schloss die Augen und konzentrierte sich auf den tröstenden Gedanken, dass Mr Burke sich schwerlich durch das Gitter vorm Küchenfenster oder den Briefschlitz an der Wohnungstür zwängen konnte und das die beiden einzigen Möglichkeiten waren, die er hatte. Dann erst fiel ihr die Milchglasscheibe ein. Rechts neben der Wohnungstür war, um dem Flur mehr Licht zu verschaffen, eine etwa zwanzig Zentimeter breite, dicke Milchglasscheibe eingesetzt. Wenn es Mr Burke gelang, die einzuschlagen, konnte er die Hand weit genug hereinstecken, um die unverschlossene Tür aufzumachen. Sollte sie die Schlüssel … Filippa hatte den Gedanken noch nicht zu Ende gedacht, als sie von der Tür her einen ohrenbetäubenden Schlag hörte. Mr Burke an der Milchglasscheibe. Er und die Amazone konnten jede Sekunde in der Wohnung stehen. Filippa ließ ihre Knie los und hechtete in die Küche, um sich das Handy aus den Scherben zu fischen.

Vom Küchenfußboden schaute sie hoch zum Fenster und sah die Amazone, die versuchte, eine ihrer enormen Hände durchs Fenstergitter zu zwängen.

»Tripper! Sie ist da«, rief sie. »Mach die Tür auf, verfluchte Hexe!«

Hektisch suchte Filippa zwischen Glasscherben und Teebeuteln, dann sah sie das Handy neben einem Stuhlbein liegen. Schnell nahm sie es und stürzte zurück in den Flur.

»Hallo? Hallo?«

Filippa hörte die ferne Stimme aus dem Handy und begriff, dass Rob immer noch dran war.

»Rob, ruf bitte die Polizei!«, flüsterte sie. »Unser Vermieter versucht bei uns einzubrechen. Die Adresse ist 23 Grafton Road, Wohnung 53. In Kentish Town. Vierter Stock.«

»23 Grafton Road, Wohnung 53. In Kentish Town. Vierter Stock. Ich ruf sofort an.«

Im nächsten Augenblick war er weg. Filippa hielt das Handy wie in einem Krampf, während sie jedes Geräusch im Treppenhaus registrierte. Dann klingelte das Handy, und als Filippa sah, dass es ihre Mutter war, wies sie den Anruf schnell ab. Mr Burke bearbeitete weiter die Milchglasscheibe, wenn auch, wie es schien, mit nachlassender Kraft. Filippa schaute an sich hinunter und sah, dass sie durch den Strumpf am rechten Fuß blutete. Draußen hörte das Hämmern auf, stattdessen begann ein heftiger Streit. Er dauerte vielleicht eine Minute, dann hörte sie Mr Burke am Küchenfenster.

»Mach die Tür auf! Wie könnt ihr es wagen, die Schlösser auszutauschen? An *meiner* verdammten Wohnung! Was zum Teufel …«

»Verfluchte Hexe!«

Filippa legte sich die Hände über die Ohren und begann zu summen. Sie versuchte an etwas Schönes zu denken, aber das einzige Bild, das vor ihrem inneren Auge auftauchte, war der kleine Klumpen Reis, der in dem chinesischen Lokal unterm Tisch gelegen hatte. Hatten ihn die Putzkräfte gefunden, oder hatte er dort liegen dürfen, bis er schimmelte und mit dem roten Teppich verschmolz. Filippa versuchte, an etwas anderes zu denken, aber der kleine Reisklumpen blieb. Es stimmte also nicht, dass, bevor man starb, noch einmal das ganze Leben an einem vorüberzog. Die das erzählten, hatten unrecht. Man sah Reisklumpen. Ob darin irgendeine Symbolik lag? War jedes Reiskorn ein Engel? Ein Engel, der auf dem Boden lag und darauf wartete, dass er von seinem Vermieter erschlagen wurde? Nein, jedes Reiskorn war ein kleines Ei voller Hoffnung. Ein Engelsei, das … Filippas Gedanken drehten sich noch im Kreis wie Wäsche im Trockner, als sie plötzlich merkte, dass sich draußen etwas geändert haben musste.

»Miss«, sagte eine männliche Stimme, die nicht die von Mr Burke sein konnte. »Hier Constable Portess. Ich stehe hier draußen mit Constable Jeffries. Wir haben gerade einen schwarzen Mann und eine weiße Frau festgenommen, die sich gewaltsam Zutritt zu Ihrer Wohnung verschaffen wollten. Sie können die Tür jetzt aufmachen.«

Auf wackligen Beinen ging Filippa zur Wohnungstür und

öffnete sie. Draußen standen ein blonder Polizist und eine dunkelhaarige Polizistin.

»Schauen Sie auf die Straße, wenn Sie sich vergewissern wollen, dass alles vorüber ist«, sagte die Polizistin.

Filippa ging zum Treppenhausfenster und sah zwei Polizeiautos. Zu einem wurden gerade – von zwei weiteren Polizisten – Mr Burke und die Amazone geführt. Das eingeschaltete Blaulicht der Polizeiautos wirkte auf Filippa leicht hypnotisierend. Um die Autos herum hatte sich eine kleine Menschenmenge angesammelt. Filippa sah, dass einige der Nachbarn auf demselben Stockwerk ebenfalls auf die Straße schauten. Ob unter ihnen welche waren, die auch die Polizei gerufen und vorsichtshalber ihre Wohnungstür verrammelt hatten? Vor ihrer eigenen Tür lagen das restliche Glas vom Küchenfenster und dazwischen Mr Burkes Gehstock. Das Küchenfenster war vollkommen zerstört, aber die Milchglasscheibe neben der Tür hatte nur einen kleinen Sprung.

»Kommen Sie, wir gehen in Ihre Wohnung«, sagte der männliche Constable.

Filippa ließ sich in Malins Zimmer führen und setzte sich dort aufs Bett. Sie hatte nicht genügend Kraft, um zu erklären, dass es eigentlich nicht ihr Zimmer war.

Der männliche Constable setzte sich neben sie und holte einen Notizblock heraus. Dann musste sie erzählen, was genau geschehen war, und der Polizist schrieb alles auf. Mehrmals fragte er, ob Mr Burke bei irgendeiner Gelegenheit negative Kommentare über ihre Herkunft abgegeben hätte.

»Sie meinen darüber, dass ich Schwedin bin?«, fragte Filippa verwirrt. Hasste Mr Burke etwa Schweden? Vielmehr Schweizer?

»Nein, ich meine, ob er über Ihre Hautfarbe gesprochen hat.«

»Nein«, sagte Filippa und schüttelte den Kopf. »Nein, ich kann mich nicht erinnern, dass er das getan hätte.«

Als sie fertig waren, bat der Polizist Filippa, alles durchzulesen, was er geschrieben hatte, und dann zu unterschreiben.

»Danke«, sagte Filippa. »Ich meine, dass sie mich gerettet haben.«

»Das ist mein Job«, sagte der Polizist, und Filippa war kurz davor zu lachen, weil sie das für etwas gehalten hatte, was nur die Polizisten im Fernsehen sagten. Aber es kam kein Lachen heraus.

Die Polizistin blieb noch bei Filippa, damit sie erst mal nicht allein sein musste. Gemeinsam säuberten sie die Wunde an Filippas Fuß, die zum Glück nicht so tief war, dass sie deswegen zum Arzt musste. Die Polizistin machte Filippa sogar eine Tasse Tee und gab ihr eine Visitenkarte mit einer Nummer, die sie anrufen konnte, falls sie jemanden zum Reden brauchte. Und irgendwann stand auch Rob draußen, aber Filippa bat die Polizistin, ihm auszurichten, dass sie ihn am nächsten Tag anrufen würde.

Erst als Malin nach Hause kam und nicht fassen konnte, was sie sah, begann Filippa zu weinen. Sie weinte. Und weinte. Und weinte.

20

»Hallo, Mama. Ich bin's.«

»Hallo, Schätzchen, gerade eben hab ich an dich gedacht. Alles in Ordnung?«

»Ja ... alles gut. Oder ... ich muss mir leider eine neue Arbeit suchen. Das Mädchen, das ich vertreten habe, kommt am Montag zurück.«

»Ach, wie ärgerlich. Glaubst du, es wird schwierig, was Neues zu finden?«

»Nein, ich find bestimmt bald wieder was. Und ... wie läuft's bei euch? Mit Papa und Uncas?«

»Ganz normal. Hier ist alles ganz normal. Uncas hat Papa eine lebende Wühlmaus unter den Schreibtisch geschleppt. Seit du weg bist, ist er derjenige, dem man die Beute zu Füßen legt. Du kannst dir vorstellen, wie begeistert er war. Und natürlich war ich es, die ... Was ist denn, Schätzchen? Weinst du?«

»Nein ... ja, ich hab ein bisschen Heimweh.«

»Kannst du nicht mal nach Hause kommen? Du weißt doch, wie ich mich freuen würde.«

»Ja ... vielleicht ... ich muss über ein paar Dinge nachdenken.«

»Ist irgendwas passiert? Hast du schon wieder was von der Schule gehört?«

»Nein, noch nicht. Ich bin noch ein bisschen müde, ich muss jetzt Schluss machen, Mama.«

»Tschüss, Schätzchen. Kopf hoch!«

Filippa beendete das Gespräch und vergrub das Gesicht im Kopfkissen, damit Malin und Bridget ihr Schluchzen nicht hören konnten. Filippa war der am meisten weinende Mensch der Welt geworden. Bald würde man sie im Guinness-Buch der Rekorde finden, neben dem riesigen Chinesen und dem winzig kleinen Inder. Auf dem dazugehörigen Foto würde sie sich ein Taschentuch vor die Nase halten, und aus ihren Augen würden Tränen schießen wie aus einem Springbrunnen. Kleine Kinder würden ihre Papierboote in den Pfützen segeln lassen, die sich um Filippa herum bildeten.

Als das Kissen zu nass wurde, versuchte sie ihr Bestes, um die inneren Wasserhähne abzudrehen und sich so weit zu sammeln, dass sie in die Küche gehen konnte. Da das Fenster dort mit einer großen Sperrholzplatte abgedeckt war, musste sie, um etwas sehen zu können, Licht machen. Und schon stand Bridget in der Tür.

»Alles okay?«, fragte sie.

Filippa lächelte schwach und nickte. Sie hatte keinen Job, keinen Boyfriend, kaum Geld, und ihr Vermieter hatte sie gerade zu ermorden versucht.

»Du brauchst einen Tee«, sagte Bridget. »Setz dich!«

Filippa setzte sich an den Tisch, während Bridget Tassen und Teebeutel hervorholte. Tee zu trinken war die englische Antwort auf alle Probleme, von gebrochenen Herzen bis zu Weltkriegen. Und tatsächlich fühlte sich Filippa nach Bridgets Tee und ein paar kleinen Geschichten, die der Freundin bei der Arbeit passiert waren, ein bisschen besser.

Als es wenig später an die Wohnungstür klopfte, versammelten sich Filippa, Bridget und Malin im Flur wie die drei kleinen Schweinchen, wenn der große böse Wolf wiederkommt. Es war noch relativ früh am Morgen.

»Wer ist da?«, fragte Bridget vorsichtig.

»Constable Portess. Ich war gestern schon hier.«

Nachdem sie ihn hereingelassen hatten und Filippa mit ihm in ihrem Zimmer saß, fragte der Polizist noch einmal, ob Filippa sich daran erinnern könne, dass Mr Burke sich negativ bezüglich ihrer Hautfarbe geäußert hätte.

»Warum ist das denn so wichtig?«, fragte sie. »Ist es nicht schlimm genug, dass er hier einbrechen und mich vielleicht sogar ...«

Filippa beendete den Satz nicht, weil sie tatsächlich nicht wusste, wie es weitergegangen wäre, wenn Mr Burke es in die Wohnung geschafft hätte. Jedenfalls wäre es kaum der richtige Zeitpunkt gewesen, ihn um das Geld für die neuen Schlösser zu bitten.

»Dafür wird er wahrscheinlich mit einer Geldstrafe davonkommen«, sagte der Constable. »Aber wenn er sich Ihnen gegenüber rassistisch geäußert hätte, gäbe es gute Chancen, dass es zu einem Gerichtsverfahren kommt. So etwas nehmen wir sehr ernst.«

»Ernster als Vandalismus und einen Mordversuch?«, fragte Filippa.

»Sie müssen bitte auch Kontakt mit dem Wohnungsamt in Camden aufnehmen. Mr Burke hat diese Wohnung von der Stadt bekommen und vermietet sie illegal.«

»Heißt das, wir werden rausgeschmissen?«, fragte Filippa.

Auch Bridget und Malin, die an der Tür standen, waren sichtlich schockiert.

»Solange das Gerichtsverfahren läuft, können die nichts tun«, sagte der Polizist. »Aber danach … Wie gesagt, Sie müssen Kontakt mit den Behörden aufnehmen.«

»Sitzt Mr Burke jetzt im Gefängnis?«, fragte Bridget.

»Er wurde gestern Abend freigelassen, zusammen mit seiner Freundin. Aber sie haben die Auflage, sowohl von Miss Karlsson als auch von dieser Wohnung mindestens 500 Yards Abstand zu halten.«

Als Constable Portess gegangen war, kochten die Mädchen noch einmal Tee. Um nicht in der dunklen Küche sitzen zu müssen, setzten sie sich in Malins Zimmer aufs Bett. Drei welke Tulpen, die hin und wieder an ihrem Heißgetränk nippten.

»Wie viel sind eigentlich 500 Yards?«, fragte Filippa.

»Ein Yard ist ein bisschen mehr als ein Meter«, sagte Malin. »Glaub ich.«

»Ungefähr von hier bis zum Eckladen. Am Ende der Straße«, sagte Bridget.

»Und wenn wir wirklich eine neue Bleibe suchen müssen?«, sagte Bridget. »Verdammt!«

Es wurde still im Zimmer. Filippa nippte am Tee. Der Vorfall mit Mr Burke kam ihr jetzt schon wie ein alter Film vor. Er hatte die scharfen Konturen verloren, und die Gefühle, die damit verbunden waren, verblassten. Wenn sie an Mr Burke mit seiner Pelzmütze, der Sonnenbrille und dem Wintermantel dachte, kam er ihr eher lächerlich vor. Als wäre sie von den sieben Zwergen angegriffen worden. Nur die Erinnerung an die Amazone, die am Küchenfenster stand und sie anstarrte, ließ sie immer noch schaudern. Die Amazone hatte etwas Kaltes, Verrücktes im Blick gehabt.

»Nein, so geht das nicht«, sagte Filippa.

»Was denn?«

»Dass wir hier sitzen und Trübsal blasen.«

Filippa erhob sich von Malins weichem Bett.

»Du hast recht«, sagte Bridget. »Wir müssen was unternehmen, was Spaß macht.«

»Was Spaß macht, ist nur alles so teuer«, klagte Malin. »Und mein Geld für diesen Monat ist wieder fast aufgebraucht.«

»*Alles* ist nicht teuer«, sagte Filippa und rannte in ihr Zimmer.

Sie brachte eins der Londoner Szeneblätter. Es hieß *Time Out*, und die Überschrift auf dem Titel lautete: »Free London! Die 50 besten Sachen, die man in London gratis tun kann.«

Nach einer halben Stunde hatte Filippa es geschafft. Sie hatte ihre Mitbewohnerinnen dazu überredet, schnell zu frühstücken und zu duschen, und jetzt waren sie schon auf dem Weg zur U-Bahn. Da samstagmorgens die meisten Leute erst in Camden zustiegen, fanden sie sogar drei Sitzplätze nebeneinander.

»Ich hab vor, mit Dougal Schluss zu machen«, sagte Bridget, als sie saßen.

»Wirklich?«, fragte Malin.

»Ja, ich hab's vor ein paar Tagen beschlossen – Filippa, warum siehst du so schockiert aus?«

Die Bahn war in Camden angekommen, und der Wagen füllte sich mit Menschen. Ein paar Gothic-Mädchen stellten sich vor ihnen in den Mittelgang und begannen, die T-Shirts zu vergleichen, die sie sich gerade gekauft hatten.

»Bist du ganz sicher, dass du's tun solltest?«, sagte Filippa. »Ich meine, er holt dir mitten in der Nacht ein Glas Wasser! Ohne einen anderen Grund zu haben aufzustehen!«

»Ach was«, sagte Bridget. »Nur wegen so was ist man doch mit niemand zusammen. Ich bin einfach nicht in ihn verliebt.«

»Dann … du musst einfach *versuchen*, dich in ihn zu verlieben! Das zwischen euch ist was ganz Besonderes.«

Bridget und Malin brachen beide in lautes Gelächter aus.

»Filippa, du hast sie nicht alle«, sagte Bridget. »Ein Glas Wasser reicht doch nicht für eine Beziehung.«

»Das tut es eben doch«, sagte Filippa.

Bridget sah sie an und lächelte.

»Okay, dann werd ich jetzt so lange auf dich einreden, bis du einsiehst, dass du und Dougal füreinander geschaffen seid.«

An der London Bridge wechselten die Mädchen die Linie, und in Southwark stiegen sie aus. Das Gebäude der Tate Modern erhob sich vor ihnen wie ein aus schweren Ziegeln gemauertes gigantisches Krematorium. In der Rieseneingangshalle, die fast ein Echo hatte, blieb Malin plötzlich stehen.

»O Gott!«, sagte sie. »Okay, dreht euch gaaanz langsam um und seht mal, wer vor dem Museumsshop steht.«

Blitzschnell fuhren Filippa und Bridget herum, aber erst nach ein paar Sekunden erkannte Filippa den mittelgroßen Mann, der mit einer dunkelhaarigen kleinen Frau und einer Handvoll Kinder vor dem Shop stand und Postkarten aussuchte. Der Mann wirkte schüchtern wie jemand, der am liebsten in der Menge verschwinden wollte.

»Es ist Ewan McGregor«, flüsterte Malin. »Ihr wisst schon, der, der in *Trainspotting* und *Star Wars* mitgespielt hat.«

»Wow, und er scheint moderne Kunst zu mögen«, sagte Filippa. »Wie cool ist das?«

»Und, Filippa?«, sagte Bridget. »Gehst du hin und bittest ihn um ein Autogramm?«

»Vielleicht kann er dir ja ein paar Schauspieltipps geben«, fügte Malin hinzu.

»Nein, noch besser!«, sagte Bridget. »Geh hin und bring ihm ein Glas Wasser, damit das zwischen euch was ganz Besonderes wird!«

Selbst wenn sie es gewollt hätte, hätte Filippa es nicht gekonnt, so sehr musste sie über Bridgets Bemerkung lachen. Nach dem Drama am Tag zuvor war es, als fiele eine zentnerschwere Last von ihnen allen ab, aber vor allem von Filippa. Der arme Ewan McGregor, der jetzt bemerkte, dass da Leute waren, die ihn wiedererkannten, schaute zu Boden oder sprach mit seinen Kindern, damit man sein Gesicht nicht sah.

»Sag ihm, du bringst ihm Wasser, wann immer er möchte«, fuhr Bridget fort. »Sogar mitten in der Nacht.«

»Seine Frau hat bestimmt nichts dagegen«, sagte Malin. »Dann braucht sie's nicht zu machen.«

Filippa war kurz davor, sich vor Lachen aufzulösen. Was noch schlimmer wurde, als sie in die Ausstellungsräume gingen. In einer riesigen Halle war der Boden mit Sonnenblumenkernen bedeckt, und erst bei näherem Hinsehen stellte sich heraus, dass sie aus Porzellan waren. Über hundert Millionen Kerne lagen da hingestreut und waren von Tausenden chinesischen Künstlern bemalt. Ein Schild an der Wand erklärte, dass keine zwei Porzellankerne identisch seien. Während die anderen Besucher den ausgefallenen Bodenbelag andächtig betrachteten, war Filippa kurz davor zu sterben, als Malin murmelte, dass ihrer Meinung nach auch dieses Kunstwerk »was ganz Besonderes« sei. In einem anderen Raum hingen Gegenstände, die aus der Themse gefischt worden waren, an Metallfäden von der Decke. An einem Faden hing eine Sonnenbrille – eine gute Gelegenheit, Witze über Mr Burke zu reißen.

»Und wir wussten nicht mal, dass unser Vermieter ein bekannter Künstler ist«, sagte Malin.

»Sein Versuch, die Milchglasscheibe zu zertrümmern, war vermutlich nur der postmoderne Ausdruck seiner Wut darüber, ein kleiner Mann mit rissigen Lippen zu sein«, sagte Filippa.

Als ihre Hirne keinerlei moderne Kunst mehr aufnehmen und sie auch Ewan McGregor nicht mehr stalken konnten, weil er längst gegangen war, verließen sie die Tate Modern und spazierten die Themse entlang. Sie kauften jede eine Tüte Fish'n' Chips und sahen sich die großen Gebäude am Ufer des Flusses an, das London Eye genannte Riesenrad, das British Film Institute und das National Theatre. Die Sonne glitzerte im Wasser, und überall genossen die Menschen das warme Wetter mit Eis und Getränkedosen in den Händen. Lange standen und schauten sie einem Straßenkünstler zu, der eine kolossale Kopie von da Vincis »Abendmahl« mit Kreide aufs Pflaster malte, danach machten sie bei einem Streichquartett halt, das Mozart spielte.

»Jetzt ganz ehrlich«, sagte Filippa, als das Streichquartett eine Pause machte und sie weitergingen. »Machst du wirklich Schluss mit Dougal?«

»Glaub schon«, sagte Bridget. »Was ergibt es für einen Sinn, mit jemand zusammenzusein, in den man nicht verliebt ist?«

»Man ist wenigstens nicht allein«, sagte Filippa. »Und wenn er auch noch lieb und süß ist …«

»So tick ich aber nicht«, sagte Bridget. »Lieber bin ich allein. Und du solltest dich auch nicht nur mit jemand zusammentun, nur um überhaupt einen Freund zu haben.«

»London ist voller Sonnenblumenkerne«, sagte Malin. »Du musst nur Geduld haben und warten, bis du den richtigen findest.«

Sie gingen an einem Mann vorüber, der von Kopf bis Fuß weiß angemalt war und so tat, als wäre er eine Statue. Ein kleines Mädchen mit rosa Latzhose sprang hin, warf ihm eine Münze in die bereitgelegte Mütze und sauste mit entzückter Miene zurück zu seinen Eltern.

»Nie wieder werde ich einem Sonnenblumenkern trauen können«, sagte Filippa.

»Vielleicht wirst du ja in die Royal Drama School aufgenommen«, sagte Bridget. »Das ist das, was zählt. Nicht irgendein hergelaufener Camdenboy.«

Auf dem Heimweg kauften sie in einem der Lokale an der Kentish Town Road indisches Essen, das sie bei offener Balkontür in Malins Zimmer aßen. Nachdem sie fast den ganzen Tag gelaufen waren, war es wunderbar, zu sitzen und die Abendsonne auf dem Gesicht zu spüren. Sie wärmte genauso wie das in seiner roten, öligen Tandoori-Sauce schwimmende Huhn. Nur die Sperrholzplatte vorm Küchenfenster erinnerte noch daran, was am Tag zuvor geschehen war. Filippa war es gewesen, die Teller und Besteck holte, und sie hatte die Küche so schnell wie möglich wieder verlassen. Jetzt, beim Essen, verdrängte sie, dass es einen Mr Burke und seine Amazone gab, ebenso wie den Umstand, dass sie womöglich bald aus der Wohnung geworfen wurden. Hier und jetzt gab es nichts Wichtigeres als die Entscheidung, welches Eis sie als Nachtisch vom Eckladen holen sollten.

21

»Barfly. Barfly, heute Abend. Barfly. Barfly, heute Abend!« Das Mädchen in Jeans vor der U-Bahn-Station verteilte unter Dauerrufen ihre Flyer.

»Danke«, sagte Filippa und nahm einen entgegen.

Leute, die Flyer verteilten, taten ihr immer ein bisschen leid. Wenn sie nicht sowieso ignoriert oder beiseitegeschoben wurden, breitete sich ein paar Meter weiter unweigerlich ein Flyer-Teppich aus. Die Leute warteten nicht einmal bis zum nächsten Papierkorb, bevor sie den Müll entsorgten.

Jetzt, wo Filippa arbeitslos war, genoss sie es, durch die Straßen von Kentish Town, Tufnell Park, Swiss Cottage und Camden zu schlendern. Sie fühlte sich frei und verantwortungslos für wen oder was auch immer, und nur tief drinnen nagte immer noch die große Zukunftsfrage. Lisa von den Bright Angels hatte ihr versprochen, dass sie ganz oben auf der Liste stand, wenn irgendwann ein neuer Job auftauchte, aber noch hatte sie nichts von sich hören lassen. Vielleicht könnte sie auch Flyer für irgendwelche Klubs verteilen? Andererseits hatte Malin erzählt, dass die Verteiler kaum etwas verdienten und dafür nur keinen Eintritt zahlen mussten. Das würde ihre finanziellen Probleme also kaum lösen. Aus purem Mitleid mit dem schlecht bezahlten Mädchen in Jeans las Filippa den Flyer, bevor sie ihn wegwarf. Es war wie ein grausamer Scherz:

Barfly präsentiert:

SUFFERING THE SUNSET

The Really Blast

DJ Sireehse

Dienstag, den 6. August, 19.30 Uhr £5

Danny würde heute Abend im Barfly spielen. Barfly war der Klub, der nur zehn Minuten von ihrer Wohnung entfernt lag. Danny wäre nur zehn Minuten entfernt. Aber er wollte sie nicht treffen. Er hatte eine Uraltmasche benutzt, um sie ins Bett zu kriegen, und dann nie mehr von sich hören lassen.

Etwas Kaltes, Dunkles schlug über ihr zusammen. Sie dachte an Bridgets Ex, von dem sich herausstellte, dass er Frau und zwei Kinder hatte, sie dachte an den Typ, der Malin belogen und betrogen und sogar bestohlen hatte, und sie dachte an all die anderen Mädchen, die Danny White flach gelegt und nie wieder angerufen hatte, obwohl er es fest versprochen hatte. Sie dachte an all die Enttäuschungen. All die Lügen. All die Tränen. All die gebrochenen Herzen. Und sie wusste, dass, wenn ein Herz das erste Mal gebrochen wurde, etwas starb, das nie, nie mehr lebendig wurde. Dass etwas Heiliges und Reines und Schönes für immer aus der Welt verschwand. – Sie beschloss, sich an Danny White zu rächen. Um ihrer selbst willen, um all seiner anderen Opfer willen und im Namen aller Mädchen, die jemals so betrogen worden waren. Und sie würde sich nicht nur an Danny rächen, nein, sie würde sich sogar mit Rob zusammentun. Rob, der ihr geholfen und die Polizei gerufen hatte, als sie von Mr Burke und der Amazone bedroht wurde, Rob, der seitdem immer wieder angerufen hatte, nur um zu hören, wie es ihr ging. Auf einmal war alles ganz klar. Rob war der coole Boyfriend, mit dem sie zusammen sein würde. Filippa hatte es bisher nur nicht verstanden. Rob und sie würden ein Paar werden, Danny White würde seine verdiente Strafe bekommen, und all das schon heute Abend.

»Hallo, Rob. Ich bin's.«

»Hallo! Alles okay?«

»Ja, alles gut, danke. Sag, hättest du Lust, mich heute Abend zu treffen?«

»Heute Abend? Äh … sicher.«

»Great!«

Filippa gab ihm die Adresse des Barfly, und sie verabredeten sich für halb zehn. Filippa vermutete, dass um die Zeit die Suffering the Sunset ihren Auftritt hatten. Sie fühlte sich gut und wusste nur nicht, worauf sie sich mehr freute: auf die Rache an Danny White oder den Beginn ihrer Beziehung mit Rob. Blieb nur noch, den Rachefeldzug zu planen.

Wie rächte man eigentlich ein gebrochenes Herz? »Auge um Auge, Zahn um Zahn« hätte bedeutet, dass sie ihm das Herz brechen musste, was in Anbetracht der Umstände schlecht möglich schien. Ersatzweise könnte sie ihm ein Abführmittel verabreichen, damit er während des Auftritts zur Toilette rennen musste. Aber wie sollte das gehen? Außerdem brauchten Abführmittel ein paar Stunden, bevor sie wirkten. Sollte sie ihm lieber etwas geben, wovon ihm kotzübel wurde? Lieber nicht, so etwas konnte böse ausgehen, und sie wollte ihn ja nicht umbringen. (*Schlagzeile der Sun: »Sänger Danny White Suffers*

Sunset No More«) Aber was dann? Ihm in den Schritt treten? Ihm eine Ohrfeige verpassen? Ihm ein Bein stellen? Ihm was Hartes in die Rippen stoßen? Ein Bier über den Kopf kippen? Nein, alles, was strafbar war oder mit Gewalt zusammenhing, kam nicht infrage. Die Rache konnte nichts Physisches sein.

Als später Malin und Bridget nach Hause kamen, startete Filippa ihren Versuch, sie mit ins Barfly zu lotsen.

»Ich weiß nicht«, sagte Bridget. »Es ist unter der Woche, und ich bin ziemlich müde.«

»Nur für eine Stunde!«

»Ich weiß nicht …«, sagte Bridget und begann, Lebensmittel aus einer Tesco-Tüte auszupacken.

Filippa hatte den Eindruck, dass sie bei Bridget nicht weiterkam.

»Und du, Malin?«, fragte sie. »Bitte, bitte, bitte, bitte?«

»Bist du dir sicher, dass es besonders … heilsam ist, sie dir anzuschauen?«, fragte Malin vorsichtig.

»Es ist ganz bestimmt das Dümmste, was ich tun kann«, sagte Filippa. »Aber ich muss da einfach hin. Und du bräuchtest nur zu bleiben, bis Rob kommt. Dann kannst du gehen.«

Nach ein paar Minuten der Nötigung und nachdem Filippa sie daran erinnert hatte, dass die beiden, Malin und Bridget, es schließlich gewesen waren, die sie im Green Horse an die Theke geschickt hatten, wo sie Danny das erste Mal begegnet war, willigte Malin ein. Sie würde mit hingehen, aber wirklich nur, bis Rob kam.

Die Stunden, bis es Zeit war loszugehen, waren eine einzige Qual. Filippa schaffte es, sie totzuschlagen, indem sie duschte, sich die Haare wusch, die passenden Kleider aussuchte und sich so ausgiebig schminkte, dass es am Ende aussah, als wäre sie so gut wie gar nicht geschminkt. Malins Tipp verdankte sie es, dass sie endlich die Kunst des perfekten Kajalstrichs beherrschte.

Malin war es auch, die vorschlug, kurz vorm Aufbruch einen Wodkashot zu nehmen. Sie erhob das Glas und sagte feierlich:

»Es war einmal ein Danny White,
der war nicht sonderlich gescheit.
Für alle seine Lügen
soll er den Tripper kriegen!
Skål!«

»Skål!«

Filippa kippte ihren Shot und wischte sich eine kleine Träne fort. Sie wusste nicht, ob sie vom Schnaps kam oder von Malins ebenso unerwartetem wie zu Herzen gehendem Trinklied.

Sie standen vor dem Barfly und warteten darauf, eingelassen zu werden. Als sie den Wodka in ihrem Magen spürte, dachte Filippa, dass sie vielleicht doch etwas hätte essen sollen. In den Stunden zu Hause war ihr Essen noch vollkommen unwichtig vorgekommen. Zu groß war die Anspannung vor dem gewesen, was sie heute alles erwartete. Vom ersten Stock hörte man schon die erste Musik, und an der Chalk Farm Road standen jede Menge dunkel gekleidete Mädchen. Filippa verdrängte den Gedanken, mit wie vielen davon Danny White wohl ins Bett gegangen war.

»Wie fühlst du dich?«, fragte Malin.

»Gut«, sagte Filippa. Der Wodka brannte regelrecht im Magen.

»Wir können immer noch nach Hause gehen.«

»Nein«, sagte Filippa. »Und danke noch mal, dass du mitgekommen bist. Los, wir dürfen rein!«

Sie gingen durch die Eingangstür und entrichteten ihre fünf Pfund Eintritt. Filippa bezahlte für Malin mit, weil sie es schließlich gewesen war, die sie zum Mitgehen überredet hatte. Dann gingen sie in den ersten Stock, wo die Bands spielten. Filippas Beine zitterten. Ihr Handy vermeldete eine eingehende SMS.

Bin auf dem Weg. Freu mich, dich wiederzusehen. x Rob

Filippas Herz machte einen Sprung. Sie wusste, dass sie den richtigen Beschluss gefasst hatte.

Es war Viertel vor neun, und es spielte noch eine andere Band, sicher The Really Blast. Der Saal, den sie betraten, war groß und quadratisch, mit der Bartheke auf einer und der Bühne auf der gegenüberliegenden Seite. Die Wände waren mit irgendetwas Schwarzem verkleidet (um der Akustik willen, nahm Filippa an), und es gab keine Stühle. Ein Dutzend Leute standen mit Plastikbierbechern in den Händen vor der Bühne und ruckten zur Musik der vier rockenden Mädchen auf der Bühne mit dem Kopf.

Filippa hatte immer noch keinen Racheplan. Nachdem sie Danny nichts physisch antun wollte, würde sie ihn nur mit Worten verletzen können. Aber mit welchen?

»Magst du was trinken?«, fragte Malin.

»Einen … einen … äh, entscheid du«, sagte Filippa. Ihr Kopf war viel zu voll mit Gedanken, als dass sie etwas hätte entscheiden können.

Malin ging zur Bar, und Filippa begann, nach Danny Ausschau zu halten. Immer mehr Leute kamen herein, und sie sah auch Jungs mit fast denselben schwarz gefärbten Haaren, aber das Original war nicht dabei.

»Die sind nicht mal so schlecht«, sagte Malin, die zwei Plastikbecher mit etwas Durchsichtigem, Sprudelndem brachte. Sie nickte zur Bühne, wo die Sängerin der Band sehr zur Freude der Jungs und sogar einiger Mädchen den Mikrofonständer zwischen die Beine nahm. »Hast du ihn gesehen?«

Filippa schüttelte den Kopf. Ihr Magen hatte sich zu einem winzig kleinen Knoten zusammengezogen. Sie prostete Malin zu und probierte ihren Drink, der sich als Wodka-Tonic herausstellte. Die Musik, der dunkle Saal, der Alkohol und dazu ihre Gedanken – Filippa wurde schwindlig. Und wo steckte Danny?

»O nein!«, rief sie plötzlich. »Was, wenn sie bis zum Auftritt irgendwo hinter der Bühne bleiben!«

»Könnte sein«, sagte Malin. »Wahrscheinlich ist es Musikern peinlich, vor dem Auftritt im Publikum herumzuhängen.«

Filippa biss in die Kante ihres Plastikbechers und fragte sich, ob sie ihren Racheplan nicht einfach vergessen sollte. Aber genau da sah sie einen schlaksigen Typ zur Bar gehen. Danny. Mehrere Male wurde er von Leuten angehalten, die ihm auf die Schulter klopften oder ihm die Hand schüttelten. An der Theke lachte er dann über irgendetwas, was der Barkeeper zu ihm sagte.

»Wir können immer noch nach Hause gehen«, sagte Malin.

»Nein, ich bin kein kleines Stück Scheiße«, murmelte Filippa, dann setzte sie sich in Bewegung und steuerte wie im Traum an allen anderen Menschen vorbei in Richtung Bar.

Als sie schon fast angekommen war, sah sie ein hübsches

Mädchen mit einem blonden Pferdeschwanz, das Danny etwas ins Ohr flüsterte. Danny schaute das Mädchen an, lächelte und hob die Hände in einer Ich-ergebe-mich-Geste, die Filippa krank machte. Sie klopfte Danny auf die Schulter, und er drehte sich um. Sie merkte, dass das Mädchen mit dem Pferdeschwanz ihr einen irritierten Blick zuwarf. Danny selbst schaute Filippa erwartungsvoll an.

Der Augenblick, auf den Filippa gewartet hatte, war gekommen. Der Augenblick, wo sie ihm sagen würde, dass es nicht okay war zu lügen. Dass es, egal wie cool, sexy und charismatisch man auch sein mochte, nicht okay war, mit den Gefühlen anderer zu spielen. Dass er, Danny, eines Tages als einsamer verbitterter Mensch enden würde, der nicht verstand, warum er keine richtigen Freunde hatte und niemand ihm vertraute. Dass das Schicksal oder das Karma oder das Leben einen am Ende immer einholte. Dass schlechtes Benehmen ansteckend war. Dass jemand, der verletzt wurde, wahrscheinlich wieder andere verletzte, bis irgendwann die ganze Welt ein einziges Gebräu aus Falschheit und Lügen war. Dass es mit Kleinigkeiten begann, vielleicht mit einem amerikanischen Mädchen, das einem gewissen Osama bin Laden versprach, ihn zurückzurufen, und als sie's nicht tat, wollte er die ganze Welt in die Luft sprengen. Dass Ehrlichkeit so schwer gar nicht war und selbst da, wo sie jemandem wehtat, niemals so viel Schaden anrichtete wie Lügen.

»Viel Glück!«, sagte Filippa.

»Danke«, sagte Danny und drehte sich wieder um.

Ohne zu überlegen, was sie tat, streckte Filippa die Hand aus, um die wenigen Sekunden zu retten, die ihr von Dannys Aufmerksamkeit vielleicht noch blieben. Und Danny nahm ihre Hand und schüttelte sie.

»Cheers, mate«, sagte er. *Mate*. Aus dem Traummädchen war … ein Kumpel geworden.

Sie krümmte den Mittel- und den Zeigefinger und bohrte die Nägel in Dannys Handfläche. Als er die Hand wegzog, verstärkte sie noch den Druck ihrer Finger und spürte, wie ihre Fingernägel ihm die Haut aufrissen. Mit einem verblüfften Ausdruck starrte er sie an.

»What the …«, begann er.

Den Rest des Fluches hörte sie nicht mehr, weil sie schon die Flucht ergriffen hatte.

Zum Glück war der Saal inzwischen voll von Fans der Suffering the Sunsets, und Filippa konnte in der Menge untertauchen. Die rechte Hand brannte ihr wie eine Mordwaffe, und ihr Herz raste. Sie versuchte sich so klein wie möglich zu machen, während sie zu Malin zurückging, die jetzt an die Wand gelehnt stand.

»Wie ist es gelaufen?«, schrie sie, weil The Really Blast jetzt in Orkanstärke lärmten.

»Gut«, sagte Filippa. »Ich hab ihm die Hand zerkratzt.«

»Äh … okay«, sagte Malin. »War das dein Plan?«

»Nicht wirklich«, sagte Filippa.

The Really Blast erreichten den finalen Höhepunkt, bei dem die Sängerin zu Boden ging, sich das Mikrofon gegen die Wange drückte und mit den Beinen in die Luft trat. Das Publikum johlte, und jemand schmiss einen vollen Becher Bier auf die Bühne.

»Fühlst du dich jetzt besser?«, fragte Malin.

Filippa dachte nach. Nein, alles war falsch gelaufen. Nicht so, wie sie es sich vorgestellt hatte. Und sie fragte sich immer noch, was für ein animalischer, wenn nicht sogar psychopatischer Impuls sie dazu gebracht hatte, Danny zu verletzen. Andererseits … sie fühlte sich tatsächlich besser. Sie würde sich nie mehr im Green Horse in Camden oder vielleicht überhaupt im Londoner Norden zeigen können, aber den Preis bezahlte sie gern.

»Ist es okay, wenn ich jetzt nach Hause gehe?«, fragte Malin.

»Sicher«, sagte Filippa und umarmte sie fest. »Danke, dass du mitgekommen bist.«

»Viel Glück mit Rob!«

Als The Really Blast nicht mehr spielten und Suffering the Sunset die Bühne übernahmen, stand Filippa einfach nur da und lächelte vor sich hin. In einen großen Mantel gehüllt betrat Danny schwungvoll die Bühne und schaute ins Publikum. Er hatte ein dunkles Tuch um die rechte Hand gewickelt, und Stewie, der Bassist mit den Drogenproblemen, starrte so intensiv auf seine Bassgitarre, dass man von ihm nur die Oberseite des Kopfes sah.

»Das hier ist ein neuer Song. Hoffe, er gefällt euch, aber eigentlich ist es mir egal.«

Damit warf Danny den Mantel ab und begann, ins Mikrofon zu schreien. Jede Menge Mädchen standen vor der Bühne und schmachteten ihn an. Filippa gehörte nicht zu ihnen. Sie schmachtete nicht mehr. Und darum lächelte sie. Sie schaute zur Treppe und sah Rob, der sich zu ihr durchzudrängen versuchte. Ausnahmsweise trug er weder Hemd noch Krawatte, sondern nur ein dunkles, langärmeliges T-Shirt. Sogar seine Haare sahen weniger gestylt aus als sonst. Eine andere, bessere Art von Hochgefühl breitete sich in Filippa aus. Dann war er bei ihr angekommen. Er nahm ihren Arm, näherte seinen Mund ihrem Ohr und sagte: »Ich muss wahnsinnig pissen«, bevor er kehrtmachte und wieder verschwand.

Genau da wusste Filippa, dass es mit ihr und Rob, dem Geschäftsmann, nie etwas werden würde. Ob sie einfach verschwinden konnte, während er auf der Toilette war? Oder ihm sagen, dass sie dringend nach Hause musste, ihn aber anrufen würde? Nein, dann wäre sie keinen Deut besser als Danny. Rob kam zurück und sah erleichtert aus.

»Rob …«, begann Filippa.

»O nein«, sagte Rob. »Das war gerade ein ›Rob‹, wie ich es *nicht* hören möchte.«

Filippa musste es möglichst schnell hinter sich bringen. Rob war nicht ihr Typ und war es nie gewesen. Allerdings hatte sie es ihn glauben lassen, indem sie sich erst mit ihm verabredet und ihn jetzt auch noch ins Barfly eingeladen hatte.

»Ich will mit dir keine Beziehung anfangen«, sagte Filippa. »Du bist wahnsinnig …«

»Hallo?«, sagte Rob, »Hättest du mir das vielleicht auch am Telefon sagen können, anstatt mich in einen Schuppen zu locken, in dem ich fünf Pfund dafür abdrücke, einer beschissenen Indieband zuzuhören!«

»Du hast ja recht«, sagte Filippa. »Aber ich wollte dir erklären …«

»Tschüss, Filippa! Ich wünsch dir ein schönes Leben.«

Rob war weg, bevor Filippa ihm sagen konnte, dass er ihr dafür gern die Hand zerkratzen durfte.

22

Filippa war immer noch nicht darüber hinweg, dass eine ihrer Freundinnen heiraten würde. Obwohl sie wusste, dass Louise es nur machte, damit sie in England bleiben konnte, erschien es ihr seltsam, bald jemanden unter ihren Freunden zu haben, der verheiratet war. Man heiratete doch normalerweise, wenn man über dreißig war, eine gute Stelle, ordentlich Geld auf der Bank, ein renovierungsbedürftiges Reihenhaus und schon ein paar Falten hatte. Solche Leute gingen auch zur Wahl und verstanden, was Wörter wie »Rezession« und »Amortisierung« bedeuteten. Louise war 19, hatte ein Zungenpiercing, ein Tattoo mit einem erhängten Donald Duck auf dem Arm und hielt ein Twix für ein vollwertiges Mittagessen. Und trotzdem war sie bald eine verheiratete Frau. Filippa fragte sich, ob es dann immer noch Dinge geben würde, über die sie miteinander reden konnten. (*»Gestern hat Odd was echt Komisches gesagt. Wir haben gerade die Abendnachrichten geschaut, ich hab ihm eine Orange geschält, und auf einmal …«*)

Und heute war der Tag, an dem Louise Oddvars Frau werden sollte. Es war ein schwülwarmer Tag im August, und der Himmel war eine einzige graue Decke, unter der es unmöglich war, nicht zu schwitzen. Die Gäste waren in die Islington Town Hall eingeladen und standen jetzt draußen vor dem alten Gebäude an der Upper Street und warteten.

»Meinen die das ernst, oder tun sie nur so?«, fragte Malin. »Ich versteh's nämlich nicht.«

»Ich bin mir nicht ganz sicher«, sagte Filippa. »Die Zeremonie und alles ist jedenfalls echt. Ich nehme an, sie machen's so, damit die Einwanderungsbehörde nicht misstrauisch wird. Sie heiraten richtig, aber was danach ist …«

Sie zuckte die Achseln und schaute zu Oddvar, der ein paar Meter entfernt mit einem indischen Jungen redete. Oddvar trug einen dunkelblauen Anzug und sah unglaublich elegant aus. Seit sie herausgefunden hatte, dass Danny White den Charakter eines Pavianhintern hatte und Rob ganz einfach nicht der Typ für sie war, kreisten ihre Gedanken wie der Mond um die Erde um ihn. Und jetzt ging sie zu ihm.

»Filippa!«, sagte er und umarmte sie. Der indische Junge trat zur Seite.

»Gratuliere!«

»Danke!«, sagte er. »Meine Mutter und mein Vater sind schon mal ganz aus dem Häuschen. Sie dachten, es würde nie passieren, falls du verstehst, was ich meine.«

Filippa hatte keine Ahnung, was er meinte, aber sie lächelte.

»Sind sie hier?«, fragte Filippa. »Deine Eltern?«

»Nein«, sagte Oddvar. »Ich hab ihnen die Situation erklärt, und sie werden Louise später im Sommer kennenlernen. Oh, es geht los.«

Die Gesellschaft trippelte ins Gebäude und in einen großen, schönen, ovalen Raum mit einem roten Teppich und kunstvoll geschnitzten Holzbänken. Zwei hohe Stühle standen vor einem Tisch, an dem eine ältere Dame saß. Nachdem alle ihre Plätze eingenommen hatten, kam Louise mit ihrem Vater herein, der den ganzen Weg aus Neuseeland hergeflogen war, um seine

Tochter zu ihrem Bräutigam zu führen. Louise trug ein weißes Sixties-Kleid und einen Hut mit einem Schleier. In der Hand hielt sie einen Brautstrauß aus Chuba-Chups-Lollies. Aus den Lautsprechern erklang Joy Divisions *Love will tear us apart*, was Filippa eine etwas eigenartige Wahl für eine Hochzeitszeremonie erschien. Louise schenkte allen im Raum ein breites Lächeln und nahm neben Oddvar Platz, der schon auf einem der hohen Stühle vor dem Tisch mit der alten Dame saß.

»Was für ein strahlender Tag heute«, sagte die Dame, die demnach für die Eheschließung zuständig war. »Vielleicht nicht so sehr draußen als in unseren Herzen und Seelen, nun, da diese beiden die Ehe eingehen wollen …«

Die einfache Zeremonie war in einer Viertelstunde vorüber, und Louise gab einen Freudenschrei von sich, nachdem Oddvar und sie sich einen Kuss gegeben hatten. Filippa war nicht entgangen, dass Oddvar Louise weniger enthusiastisch küsste als Louise ihn.

»Ich werde wohl nie heiraten«, seufzte Bridget mit sehnsüchtigem Blick.

»Wenn du nicht endlich anfängst, deinen Boyfriends mitten in der Nacht Wasser zu holen, wirst du tatsächlich noch eine alte Jungfer«, sagte Filippa und fing sich dafür einen kleinen Boxhieb auf den Arm ein.

Die Gäste gingen in kleinen Grüppchen in The King's Head, einen Pub etwas weiter die Upper Street hinauf, den Louise und Oddvar für das Hochzeitsfest gemietet hatten. Der Pub roch nach altem Öl, Staub und abgestandener Luft und hatte verschlissene Stühle und Tische, was für eine deutlich entspanntere Stimmung sorgte als in der erwachsen-ernsten Islington Town Hall.

Auf einem der Tische war ein Buffet aufgebaut, und Filippa häufte sich dankbar einen kleinen Berg Eier mit Pilzfüllung, Kartoffelplätzchen mit Lachs und in Filoteig gebackenen Ziegenkäse auf den Teller. Alles schmeckte göttlich.

»Er, also Odd, ist wirklich süß«, sagte Bridget und biss in eins der Filoteig-Ziegenkäse-Teilchen.

»Ich frage mich …«, begann Filippa genau in dem Augenblick, als ihr Handy klingelte.

Da sie die Nummer nicht erkannte und The King's Head inzwischen voller Leute war, ging sie zum Telefonieren auf die Straße.

»Ja, hallo?«

»Spreche ich mit Filippa Karlsson?«

»Ja, die bin ich«, sagte Filippa und sah, dass die graue Wolkendecke dabei war aufzureißen. Ein schwarzes Taxi hielt am Straßenrand, und Filippa sah zwei Mädchen bezahlen und mit einem riesigen Paket in den Pub gehen.

»Hier ist Rebecca Andersson von der Verwaltung der Royal Drama School. Ich rufe an, um zu sagen, dass wir dir gern einen Platz in der Schauspielklasse anbieten würden, die jetzt im September anfängt. Wir werden dir gleich heute auch noch einen offiziellen Brief schicken.«

Filippa war angekommen. Sie war angekommen. Sie war an der Royal Drama School angekommen!

»Möchtest du den Platz annehmen und gleich zusagen, oder möchtest du ein paar Tage darüber nachdenken?«

»Ich sage zu«, sagte Filippa, bevor die Royal Drama School noch merkte, dass sie die Falsche angerufen hatten.

»Great! Wenn du uns das bitte noch schriftlich bestätigen würdest, wenn du den Brief bekommen hast, wäre es prima.«

Damit wäre das Gespräch eigentlich zu Ende gewesen, aber Filippa fiel noch etwas ein.

»Entschuldigung, aber ich wollte fragen, ob Sie mir sagen können, ob eine Freundin von mir auch angenommen ist?«

»Das darf ich leider nicht«, sagte die Frau am anderen Ende. »Es wäre gegen unsere Regeln.«

»Aber sie ist meine allerbeste Freundin. Wir sind unser ganzes Leben lang schon beste Freundinnen«, sagte Filippa. »Sie heißt Anna Doody. Wenn sie es nur ein bisschen andeuten könnten. Bitte, bitte, bitte!«

Es wurde still am anderen Ende. Filippa hörte nur noch den Verkehr auf der Upper Street und die irische Musik, die sie im Pub zu spielen begonnen hatten.

»Also, normalerweise machen wir es nie, aber ich kann dir unter uns beiden sagen, dass Anna Doody auch angenommen ist. Sie hat ebenfalls schon zugesagt.«

»Ach, wie ... wie ... Anna und ich werden ... wie aufregend!«, sagte Filippa. »Und danke, dass Sie angerufen haben! Und danke, dass ich einen Platz bekomme! Danke, danke, danke, danke!«

Die Frau von der Verwaltung musste lachen.

»Es fällt mir nicht schwer, solche Anrufe zu machen. Es sind nicht viele, die absagen.«

Filippa steckte das Handy ein und blieb noch eine Weile stehen. Die Freude, die sie empfand, war anders als die über die Einladung zum zweiten Vorsprechen. Sie war ruhig und still und warm und ganz wunderbar. Sie hatten sie an der Royal Drama School angenommen.

»Was grinst du so?«, fragte Bridget, als sie in den Pub zurückkam. »Hast du gerade gesehen, wie Danny White von einem Bus überfahren wurde?«

»Ich bin angenommen«, sagte Filippa.

Bridget und Malin schrien so laut, dass alle im Lokal sich umdrehten, um zu sehen, was los war.

»Was ist passiert?«, schrie Louise von der anderen Seite des Raums.

»Sie ist an der Royal Drama School angenommen!«, rief Bridget, und alle jubelten und prosteten ihr zu.

Die Leute kamen, um ihr zu gratulieren, und sie wurde zu mehr Drinks eingeladen, als sie in den Händen halten konnte. Dass sich die anderen so sehr für sie freuten, berührte sie fast noch mehr als der Platz an der Schauspielschule selbst.

»You lucky cow!«, sagte der indische Junge, der früher mit Oddvar gesprochen hatte und jetzt zu ihr kam. »Ich hab selbst vor ein paar Jahren versucht reinzukommen, aber sie haben mich nicht mal zum zweiten Vorsprechen bestellt.«

»Und bist du jetzt Schauspieler?«, fragte Bridget, die danebenstand.

»Ich studiere Kostümbild an der Chelsea, und meine Familie hat schon genug Probleme, das zu akzeptieren«, sagte er. »Keine Ahnung, was sie gemacht hätten, wenn ich die Chance bekommen hätte, auf der Bühne den Affen zu machen!«

»Ich heiße Filippa«, sagte Filippa und streckte die Hand aus.

»Raj«, sagte der indische Junge, und eine schmale, schön manikürte Hand kam ihnen entgegen.

»Das hier sind meine Mitbewohnerinnen Bridget und Malin.«

Sie begrüßten einander.

»Wo wohnt ihr?«

»In Kentish Town. Und du?«

Filippa und Malin nahmen sich von den kleinen Pizzen, die gerade serviert wurden.

»In einer kleinen Wohnung in Camberwell«, sagte Raj. »Ich hab mit Odd zusammengewohnt, bis er zu Louise umgezogen ist.«

»Wie lange wart ihr eine Wohngemeinschaft?«

»Wohngemeinschaft? Liebste, er ist mein Freund.«

Filippa, Bridget und Malin schauten ihn an.

»Dein Freund?«, fragte Malin.

Raj lächelte und wurde rot.

»Es sind jetzt fünf Monate.«

»Das ist ja ... super«, sagte Filippa. »Gratuliere!«

Die schöne Freude verschwand für einen kurzen Augenblick. Sie würde nie eine Chance bei Oddvar haben. Kein Mädchen würde jemals eine Chance bei Oddvar haben. Als sie sah, dass Louise an der Bartheke stand, ging sie schnell zu ihr hin.

»Wusstest du, dass Oddvar ... dass er ... das andere Geschlecht ... ich meine *dasselbe* Geschlecht ...?«

»Logisch«, sagte Louise. »Wir haben uns in einer Schwulenbar in Soho kennengelernt.«

»Aber warum hast du ihn mir dann in der Embassy Bar vorgestellt?«

»Weil ihr aus demselben Land kommt?«, sagte Louise. »Und du, suchst du immer noch einen Job?«

Filippa nickte. Lisa von den Bright Angels hatte noch immer nichts von sich hören lassen.

»Ich hab's mit dem Oberboss in Hoxton nicht mehr ausgehalten und was Neues angefangen. Rate, was?«

Filippa zuckte die Achseln. »Leibwächterin?«

»Noch besser«, sagte Louise und kam so nahe heran, dass Filippa jedes noch so kleine Detail ihrer Schminke erkennen konnte. Für ihre Augen hatte sie ein helles Lila und Moosgrün gleichzeitig verwendet. »Ich arbeite bei einer Sex-Hotline.«

»Was?«

»Bei einer Sex-Hotline!«, wiederholte Louise fröhlich. »Ich sitze mit anderen Mädels in einem Raum, und wenn Männer anrufen … du weißt schon … mach ich sie scharf.«

»Louise, ich weiß nicht«, sagte Filippa und hoffte, dass sie nicht wie eine Betschwester klang. »Ich glaube, für mich wäre das nichts.«

Filippa sah es vor sich, wie sie bei dem Versuch, Männer scharf zu machen, vor Scham unter die Tischplatte rutschte. *(»Was ich anhabe? Nur die graue, ausgewaschene Sloggi-Unterhose mit dem ausgeleierten Bund …«)*

»Nein, aber im Raum daneben sitzen Mädchen an Tarot- und Wahrsagerinnen-Hotlines«, sagte Louise. »Es ist UNANSTÄNDIG gut bezahlt, und alles, was du tun musst, ist dasitzen und telefonieren und die Wahrsagetante spielen.«

»Vielleicht«, sagte Filippa.

»Unanständig gut bezahlt – nicht vergessen!«, sagte Louise und verschwand mit Whiskygläsern in beiden Händen zu ihrem Vater.

Filippa blieb an der Theke stehen und schaute Louise nach, die jetzt mit ihrem Vater anstieß. Oddvar saß daneben und lachte laut über etwas, was Raj ihm gerade ins Ohr geflüstert hatte. An einem Tisch in der Nähe saß Bridget und redete mit einem Mädchen, das Filippa von Louises Geburtstag wiedererkannte, und Malin war auf dem Weg zur Theke von jemandem aufgehalten worden, der ohne Zweifel der Südafrikaner Marcus war.

»Gratuliere, dass du in die Schule reingekommen bist!«, sagte ein Mädchen auf dem Weg zur Toilette.

»Danke«, sagte Filippa und lächelte.

23

Filippa schlug das Buch zu, dass sie gerade zu Ende gelesen hatte, und legte es auf das weiße Regal, das Bridget und sie am Wochenende zuvor bei Ikea gekauft hatten, dann spritzte sie ein wenig Wasser auf den kleinen Bonsaibaum, der auch neu war, und fragte sich, was sie die nächsten Stunden machen sollte. Es war Samstag, und später am Nachmittag würden sie, Oddvar und Raj versuchen, ein gutes und billiges Restaurant zu finden. Vielleicht konnten sie ja in das vietnamesische Lokal gehen, von dem Malin erzählt hatte. Es lag an der Old Street, sollte billig sein und angeblich die besten Frühlingsrollen servieren.

»Filippa«, rief Bridget vom Flur. »Ich geh zum Laden an der Ecke. Brauchst du irgendwas?«

»Nein danke!«

»Okay, bis gleich!«

Filippa hörte, wie die Wohnungstür zuschlug, was den kleinen Zettel mit der Adresse von Madame Tamara (»Die beste in London – deine Zukunft in nur einem Gespräch!«) zum Flattern brachte. Filippa würde am Montag anfangen, dort zu arbeiten. Wenigstens bis in ein paar Wochen die Kurse an der Royal Drama School anfingen.

Filippa fasste einen Beschluss. Sie zog die Jacke an, um ins British Museum zu gehen, in dem sie noch nicht gewesen war.

Jawohl, da würde sie hingehen, ganz allein. Eigentlich war sie glücklich. Echt.

NICHT DAS ENDE